LE NIÇOIS

JOANN SFAR

LE NIÇOIS

Michel LAFON

Illustration de couverture :
© Joann Sfar
© Adrien Gromelle

118, avenue Achille-Peretti – CS 70024
92521 Neuilly-sur-Seine Cedex
www.michel-lafon.com

« Vous n'êtes pas un vrai journaliste. Si vous l'étiez, vous devriez être au courant des lois de la Camorra. Si j'étais un homme important de la "Famille", vous n'auriez pas pu écrire ce que vous avez écrit, car dès le lendemain votre main droite – à moins que vous ne vous serviez de votre pied gauche pour écrire – aurait été broyée à coups de marteau. »

Jacques Médecin

« Les apôtres du médecinisme, comme ses opposants, entendent le dernier message de monseigneur Berg : "Si vous voulez le critiquer, lisez l'Évangile." À Nice, pour beaucoup, Jacquou restera un saint à tout jamais… »

Nice-Matin

Avant-propos

Un jour que j'avais du chagrin, mon ami Fabien Delpiano m'a mis *Le Collier de la reine* d'Alexandre Dumas dans les mains, en me disant : « Ce qu'il écrit est plus vrai que nos vies. »

Le même Fabien, un jour que nous partions de Nice, m'a dit : « Peut-être que notre ville n'existe que parce que Romain Gary y a joué au tennis, et qu'il a raconté le match. »

J'ai toujours dessiné Nice. Même dans *Le Chat du rabbin*, puisque je ne suis jamais allé à Alger, c'est la lumière niçoise.

Ce livre a été écrit pour faire rire mon ami Fabien. Et Nouri et Franck et Benjamin et Bratch et maître Dupont avocat et le professeur Jean-Pierre Jardel et les Liutkus et les Chiossone et les Seyrat. Plus je cite de noms, plus j'en oublie. De toute façon je sais que je vais me faire engueuler.

Je ne suis pas très copain avec les caricatures de Nice qu'on nous sert dans *Libé*, écrites par des gens qui n'y sont jamais allés. Nice est une ville agitée. Avec les poings. Avec les idées. Ceux qui la voient comme un territoire sans histoire ni identité devraient venir regarder de plus près.

Pardon à mes amis qui savent que je rêve de ce *Il était une fois à Nice* depuis dix ans et qui me bombardent de documents scientifiques et vérifiés. Excusez-moi de n'avoir pas écrit une vraie enquête sur Jacques Médecin. Je n'ai aucune excuse : j'ai grandi au milieu du clan Médecin et toutes les portes m'auraient été ouvertes, si j'avais souhaité effectuer un travail sérieux.

Mais je ne suis pas un garçon sérieux. Ma vérité se trouve chez Dino Risi, Frédéric Dard et Sergio Leone. Finalement, je ne suis pas compétent en ce qui concerne Jacques Médecin. Mon expertise s'arrête juste à cet univers dont je rêve depuis longtemps, sur lequel règne Jacques Merenda.

– 1 –

Ça n'était pas la chaleur niçoise. Cinq paires de tongs patientaient devant le guichet postal de Punta del Sur. Le ventilo tournait au ralenti, impuissant contre le cagnard.

Les propriétaires des sandales occupaient une rangée de sièges. Une radio crachotait en langue caraïbe.

C'était un bon système, les chaussures poireautaient pour vous. Lorsque votre tour arrivait, vous vous leviez, pieds nus, et vous vous dirigiez jusqu'aux claquettes. À l'instant où vos pieds recouvraient le soulier, la guichetière causait :

– *Si señora ?*

El Indio. El Negro. La Rubiecita. Vus de loin, ils avaient tous des tronches de Cubains mais à force de se fréquenter, ils parvenaient à noter de petites différences qu'on transformait en surnoms.

La porte s'ouvrit sans faire entrer d'air frais. *El Loco* fit son apparition, en costume crème, chemise en soie fermée jusqu'au col, cravate fantaisie. Il portait des lunettes qui lui donnaient des yeux de mouche dans lesquels se reflétait le bureau de poste.

– Hé ! *Loco ! No fumar !!* baragouina la postière.

– Je vous présente mes putain d'excuses, répondit le Niçois. (*El Loco*, en langue des Caraïbes, se traduit plus ou moins par « le Niçois ».)

Il n'éteignit pas son cigare. Il ne retira pas ses souliers. Il n'était pas question qu'il aille s'asseoir avec les indigènes.

Le Niçois inspira très fort dans son Cohiba. Il se lissa la moustache et attendit son tour dignement, debout derrière cinq paires de tongs.

Son téléphone cellulaire se mit à sonner, il ignorait comment le mettre sur vibreur, l'appareil jouait *Se canto*, chanson niçoise, au fifre et au tambourin.

– Oui.

– *Loco ! Loco !* Viens ! *Mi marido se fue.*

Tout l'ennuyait, même ça. On verrait. Loin de chez soi on perd le goût de tout.

– *Señor ! Señor*, c'est ton tour ! *Señor Loco* jé té dis de pas *fumar*, tu nous rompes *los cojones*.

– Mes hommages, chère madame.

Sous son panama, le Niçois était un peu dégarni, mais il portait beau.

– J'aimerais savoir combien coûte l'expédition d'un tricot de corps.

– Oune tricodéquoi ?

– Permettez ?

Et il sortit de sa mallette un polo en coton déjà porté, qui n'était pas allé au repassage.

– Pardonnez-moi ça n'est pas mon genre, je ne revêts d'ordinaire que du neuf, de l'impeccable. Vous avez vu l'aigle rouge sur la poitrine ? C'est l'emblème de Nice. Oui. *Nissa la bella*. Ma ville. Lorsque j'ai échoué dans votre Punta del Sur, non loin du sphincter du monde, c'est ainsi que j'ai subsisté, en imprimant des tricots qui rappellent mon terroir. Madame, sans doute voulez-vous savoir pourquoi je souhaite expédier un tricot sale ?

– Jé m'en tamponne lé coquillard, *gringo*. C'est 200 churros. (Le churro était la monnaie locale.)

Le Niçois sortit un rouleau de billets et proposa 5 dollars.

– C'est pour mon chien. Mon pays me manque. Alors j'ai commandé un clébard. L'éleveuse dit que je dois expédier quelque chose de très personnel, afin qu'il s'habitue à mon odeur. Je me suis dit qu'une liquette avec le blason de Nice...

– *Gringo*, on s'en fout de ta vie.

– Je m'en doute. Pardonnez-moi.

Le Niçois laissa son cigare finir de se consumer sur le comptoir et quitta la poste.

– Je ne crois pas que le chien va suffire, dit-il un peu plus tard à sa maîtresse.

Il n'aimait pas trop la retrouver chez elle. C'est une inquiétude dont après un certain âge on se passe volontiers.

– Je vais tout quitter pour toi, *Loco* ! Mon mari... Je ne vais pas tirer sur une ambulance, mais à part ses soldats, personne ne lui obéit. Masse-moi. Mets de l'huile.

– De l'huile d'olive ?

– *Tonto !* Mets mon huile japonaise ! *Loco,* tout est mieux quand ça vient du Japon. Je veux du whisky japonais, de l'huile nippone.

– Moi je suis de Nice. Et le chien, ça ne va pas suffire.

Elle n'avait rien de vulgaire. Du gras ferme, comme on fait en Amérique du Sud. Un corps entretenu, pas encore trente ans. Le Niçois massait en pensant à autre chose.

– Je vais tout plaquer. On va vivre ensemble, *Loco.* Ne me dis plus « Je t'aime ». Ne m'embrasse plus sur la bouche. Ne mets plus ton congre dans mon corail. Tout ça, c'est pour après.

– Je vais avoir un clébard. Et après ?

– Je ne suis pas une femme adultère, Niçois ! Tu n'es pas mon amant ! Tu es l'homme de ma vie : épousailles marmots, lignée… Hé ! Hé, c'est pas tes doigts.

– Comment je vais l'appeler ? Adulte, ça peut faire jusqu'à 40 kilos et ça a des dents de barracuda.

– Niçois ! Oh ! Niçois ! Oui ! Ça oui ! Juste ça. Et le reste, quand nous vivrons ensemble.

– Sans doute je devrais faire dresser ce chien, ça me fera une occupation pour ne plus penser sans cesse à…

– Niçois ! Il n'y a que toi qui m'encules ! Mon mari ne va jamais là-dedans.

– Pardon ! Je pense à Nice.

– Mon mari ! Mon mari !

– Consuelo, pourriez-vous m'appeler autrement car c'est déstabilisant.

– Non ! Je dis mon mari ! Il arrive, je reconnais le moteur.

Une Lexus venait de se garer dans la cour de l'hacienda. Tandis que la femme du général s'agitait dans les draps de soie, le Niçois s'habillait méthodiquement, il enjamba la rambarde et s'apprêtait sans hâte à fuir par les toits. On mesurait à son flegme qu'il disposait d'un sacré métier.

– Va ! Va, *mi amor* ! Je couvre ta fuite ! Et sache que c'est une des dernières fois que tu as à subir une telle humiliation. Va vider trois bouteilles de rhum agricole en pensant à moi. Et profite de tes amis, car d'un jour à l'autre, je t'en fais serment, j'aurai le courage de dire au général que je le quitte et qu'il n'y a que toi…

– Qui t'encules ?

– Niçois ?

– Pardonnez-moi, Consuelo, c'est parti tout seul. Ma ville me manque, Consuelo, je crois que j'en ai assez.

– Niçois ! Fuis ! Vole ! Sauve-toi ! Mon mari arrive ! N'entends-tu pas ses pas dans l'*escalera* ?

– Ce qui me manque, Consuelo, c'est plutôt de la pissaladière.

Le général ouvrit la porte à double battant de la chambre conjugale. Jacques Merenda, ancien maire de Nice, lui fit face, calmement assis sur la rambarde du balcon.

– Cher ami, un cigare ?

Madame la générale se donnait une contenance. Elle avait bénéficié d'une bonne éducation à toute épreuve. La vraie saloperie bourgeoise, toujours le nez hors de l'eau.

– Miguel, n'imaginez rien.

– Je n'imagine pas, madame, je vois.

– Eh bien, cessez. Car il faut me croire, sinon nous n'allons nulle part.

– Certes, ma vie, je croirai chaque mot qui sortira de votre bouche car pour rien au monde, je ne vous perdrai. Et de vous j'accepterai tout.

– Un chien, ça va pas suffire, répétait Jacques Merenda. Il avait attrapé un briquet sur la table de nuit avec lequel il réchauffait dans toute sa longueur un cigare sombre comme une crotte.

– Tu m'as traité de quoi, *gringo* ?

– Vous souhaitez me tuer, j'y consens. Allez. Il est grand temps.

– Consuelo ! J'accepterai tous vos mots. En attendant, permettez que je me venge de cet homme. Ma rage doit passer, vous comprenez. Il faut que ça passe sur quelqu'un. Ainsi je ne vous en voudrai point.

– Par pitié ! N'imaginez pas des choses ! Je ne sais ce que lui avait en tête mais moi je suis pure.

Le militaire brandit un revolver mexicain parfaitement anachronique.

– Dégaine ! dit-il au Niçois.

– Inutile, je dois vous dire que la mort ne m'ennuie pas.

– Salaud. On dirait même que ça te fait plaisir !

– Peut-être.

Dans un geste picaresque, le Niçois ouvrit les pans de sa veste et présenta sa chair rose au canon de l'arme.

– Ordure ! Ma femme n'est donc rien pour toi ? Tu as abusé d'elle uniquement pour que je t'occise ! Ordure suicidaire.

– Où sont les Sud-Américains au sang chaud… Tirez, qu'on en finisse !

– Suicidaire et lâche !

Le Niçois pensa au chiot qui, d'un jour à l'autre, allait recevoir son tricot de corps avec aigle imprimé. Il s'imagina la grosse truffe innocente du clébard. Une relation allait se nouer entre le tricot et le chien. Puis, au moment du sevrage, lorsque tous les autres bébés de la portée trouveraient leurs maîtres respectifs, ce chien-là resterait orphelin.

– Ton maître est mort, mon petit, c'était le maire de Nice.

– Nice ? demandera le chien.

– Une ville lointaine, mon petit chéri. Ton maître est mort et ne t'y emmènera jamais.

La grande bourgeoise faisait le lit en chantonnant. Son mari était sur le point d'appuyer sur la détente. Elle faisait montre d'un flegme admirable. Même prise les mains dans la merde, une *lady* garde la face.

– Oh, comme c'est joli, fit-elle à un petit bouquet.

Le Niçois se leva lentement et fit face au canon.

– Au moins mourras-tu debout. Lâche.

– Monsieur, voilà deux fois en moins d'une minute que vous me traitez de lâche.

– Et comment nommes-tu un suicidaire qui abuse d'une épouse innocente pour profiter du revolver des autres, parce qu'il n'a pas les *cojones* d'appuyer tout seul ?

– Vous avez gagné, je ne veux plus mourir.

– Parfait ! Tu as encore des choses à vivre.

– Je crois, oui.

– Vois-tu, Consuelo ! Il veut vivre ! Maintenant, ça me plaît de le tuer.

– Comme c'est joli, répondit-elle en chantonnant.

Déjà, le doigt pressait sur la détente, le chien du revolver partait en arrière. L'épouse aux tympans fragiles s'introduisit les index dans les conduits auditifs en tirant la langue d'un air enfantin. Ça allait péter.

Vif comme l'éclair, le Niçois enfonça la main dans la poche de son blazer et en sortit un rouleau de dollars.

– Combien ?

C'était un drame bourgeois. On régla ça à l'amiable. Le Niçois, depuis toujours, payait en liquide. Cette arme l'avait sauvé tant de fois que son espoir en l'espèce, l'honneur ou la grandeur humaine restait somme toute ténu.

– C'est pas grand-chose, mais d'urgence, il me faut un chien.

– 2 –

– *Gardarem lou tren des Pignes !*

– Pardon ?

– C'est le slogan qu'on avait à Nice pour défendre notre plus petit train, il était aussi déglingué que celui qui mène à votre élevage.

– C'est que je me tiens éloignée du monde, répondit la dame aux crocodiles. Mes chiens ne font chier personne et personne le leur rend bien. Et votre train, chez vous, il a été sauvé ?

– Je ne sais plus. J'ai été le maire de Nice pendant si longtemps. Il y a si longtemps. C'est derrière moi.

Il avait roulé quinze heures dans la pampa au fond d'un wagon presque vide. La dame l'attendait à la gare del Parco Hermoso, un marécage. Elle portait un chapeau à voilette assorti à une robe en soie bleue. Des Pataugas crottés. Ses mains recouvertes de griffures avaient une poigne à la John Wayne. Il s'agissait d'une blonde incendiaire de 120 kilos qui avait un passé.

– À Nice, lui dit Jacques Merenda, je suis une légende.

– Ici, moi aussi, je l'étais.

– Je sais, l'idée selon laquelle dans le sud de la France on n'aimerait pas le cinéma est…

– On s'en fout.

– Pas du tout, j'ai vu tous vos films.

– C'est vieux.

– C'est de l'époque où les hommes à moustache avaient encore leur chance avec les jolies blondes.

– Vous êtes là pour le chien.

– Allons voir le chien.

Elle conduisait un autobus jaune plein de trous. Le Niçois voyait la route défiler sous ses pieds. Dans la jungle, son costume blanc lui semblait déplacé. Elle aussi.

– Pourquoi vous êtes parti de Nice ?

– C'est la faute des Juifs.

– Pardon ?

– Si vous saviez ce que je m'en fous des uns et des autres ! Vous jugez quelqu'un à sa race, vous ? Voulez-vous un cigare ?

– J'ai les miens.

– Moi je ne juge pas. C'est juste la politique. Je dirigeais une ville où pour être élu il fallait, enfin, gentiment dire à chacun que les autres étaient ses ennemis. Alors…

– On vous a viré pour ça ?

– Je suis parti. Mais retenez ceci : je suis ami de celui qui vote pour moi.

– C'est épuisant.

– Et vous ? C'est l'âge ?

– Voulez une baffe ? Non ! J'ai arrêté parce que… Vous vous y connaissez en éducation canine ?

– Très peu.

– Voilà : un chien va faire quelque chose pour vous s'il y trouve un intérêt objectif. Un gâteau, une caresse. Alors ça m'a semblé plus simple.

– On quitte le cinéma pour ça ?

– Oui. Au cinéma, on ne sait jamais pourquoi on a le rôle. C'est quoi, vos histoires de Juifs ? Vous êtes parti parce que vous êtes un voleur ? C'est tout. N'ayez pas honte, j'adore les voleurs. Mais le racisme, avec moi, ça ne passe pas, alors si c'est ça, je vous casse trois dents et mon clébard je le garde.

– Je ne peux pas être raciste ! J'aime *tous* les individus inscrits sur les listes électorales.

– Vous aggravez votre cas. Moi je déteste équitablement tout le monde. Mais je refuse votre cynisme.

– Vous me plaisez.

– Vous êtes trop vieux pour moi.

– Vous charriez ! On a le même âge.

– C'est ce que je dis.

Par la fenêtre, le Niçois contemplait des pyramides aztèques recouvertes de lianes.

– Réjouissez-vous, lui dit madame Crocodile, s'il n'y avait pas eu l'exil fiscal, vous n'auriez jamais vu tout ça.

– Ça ?

– Les temples du dieu Tchak ! Il y en a au Yucatán, et ici.

– C'est un dieu de bonne qualité ?

– Il est sincère : il demande officiellement des sacrifices humains. Il ne se calme que lorsque les pierres sont rouges.

– Ça serait un mauvais politicien.

– Je n'aime pas les menteurs ! Je vous préviens que si vous êtes un menteur, je garde mon chien.

– Dites.

– Quoi ?

– Je vais pas vous apprendre à élever vos clébards, alors ne m'expliquez pas la politique.

KROONK ! L'autobus venait de se prendre l'essieu dans un rocher. Madame Crocodile encaissa le choc et écrasa ses godasses contre l'accélérateur. Le Niçois prit la secousse directement dans le coccyx mais ne proféra aucun gémissement. La forêt s'éclaircit, laissant place à de grandes étendues d'eau couleur diarrhée. Un grillage segmentait les marais. Seule la route surnageait. La conductrice était si lourde que lorsqu'elle descendit de son véhicule, l'autobus se suréleva de 20 centimètres.

– Faut que je maigrisse. Ou que je renforce la suspension.

– Vous êtes très bien.

– J'aime pas les mensonges.

Elle saisit le Niçois à la taille et le souleva du sol pour l'aider à sortir du bus sans se fiche les pieds dans la boue.

– C'est rare d'être tout petit entre les mains d'une dame, on se croirait…

– Attention à ce que tu vas dire.

– Dans la *Dolce Vita*...

Sauf que le décor, c'était *Délivrance*, et le Niçois se garda bien de le dire. Oui, la dame était grosse comme un éléphant, mais ça lui allait vraiment très bien. Une vraie star. La voir paumée dans l'équivalent caraïbe d'un bayou sud-américain, c'était pour ainsi dire encore mieux.

– Vous avez une mygale dans le décolleté. (c'était vrai)

La dame écrasa la bête d'une énorme claque. Puis elle ramassa la bouillie d'araignée en précisant « C'est une tarentule noire. »

– C'est dangereux ?

– Oui. Mais toucher mes nichons, c'est encore plus périlleux.

– Pourquoi vous vous sentez obligée de me dire ça ?

– Parce que tu m'as l'air d'aimer risquer ta peau. Te fatigue pas, vieux beau, j'aime que mes chiens.

Le Niçois eut envie de répondre « ouah ouah » et de la prendre par la taille au milieu du marigot. Il n'en fit rien. Il était las. Au lieu de se laisser aller à sa pulsion joyeuse, il emplit ses narines de l'odeur de glaise et baissa les épaules tristement.

– On va voir mon chien ?

Des claquements de mâchoires lui répondirent. Il s'aperçut qu'il était entouré de crocodiles, une centaine au bas mot.

– Heureusement qu'y a le grillage, murmura le Niçois.

– Ça dépend du point de vue ! Eux, ils voudraient bien qu'il n'y en ait pas. Vous vous y connaissez en crocodiles ?

– Je voudrais mon chien.

– Je vais vous faire voir les crocodiles.

– Si j'accepte, c'est vraiment par courtoisie.

– Vous ne pouvez pas prendre ce chien si vous n'avez pas un minimum de compétences en crocodiles.

– Il est con à ce point ?

– Si vous insultez mes chiens, je ne vous vends rien.

– Vous lui avez donné mon tricot ? Il me connaît déjà ? Je veux dire sur le plan olfactif ? Il fait quelle taille ?

– Montez !

Elle lui prit la main. Encore cette sensation d'être à la merci d'une géante. Elle l'entraîna jusqu'à un embarcadère et l'aida à enjamber l'eau pour prendre place sur le siège passager d'un hydroglisseur. Le gigantesque rotor s'activa derrière le Niçois, mettant un terme définitif à ce qu'il lui restait d'élégance capillaire. Il alluma difficilement un cigare.

La dame démarra à une vitesse folle. Le Niçois attacha sa ceinture après avoir manqué tomber dans l'eau. Il voulait être à Nice. Sur la promenade des Anglais. Dans la BM d'un chauffeur de taxi qui râle contre le pouvoir socialiste. Il s'en foutait des crocodiles. Quand on se sent seul loin du pays natal, acheter un chien de race, ça ne résout rien. Et pourquoi aller le chercher chez une star déchue du cinéma passionnée par…

– Ils adorent le sucre ! Comme des gosses !

Elle avait arrêté le rotor dans une crique et jetait des poignées de Marshmallows dans l'eau sale. Les courbes élégantes de la nage des sauriens apparurent à la surface du marigot. Puis on perçut le gargouillis de l'eau, comme lorsque des pâtes arrivent à ébullition.

– On rentre. Je voudrais mon chien.

– Attendez.

Elle se baissa dangereusement et plongea ses mains dans l'eau.

Le Niçois tirait sur son cigare. Il en avait assez. Lorsqu'elle se pencha en avant, il lui regarda les fesses.

« Elle est grosse mais pas au point de ne pouvoir se torcher. Elle me plaît. Mais je n'ai d'énergie pour rien. Voilà ce qui arrive lorsque Ulysse est loin du pays natal. Ooh toi, mère des crocodiles, viens à la colline du château de Nice. Entre les tombes russes, je te culbuterai. Pieds nus sur des mosaïques grecques, je te dirai à quoi elles me font penser tes rotondités. C'est le cul de Catherine Ségurane, héroïne nissarte qui, face aux invasions ottomanes, eut la présence d'esprit de faire voir son cul aux mahométans, l'air de dire "Saurez-vous y faire sur un continent où les femmes sont libres ?" »

– Vous regardez pas ? demanda la dame.

Elle lui agitait un saurien de petite taille sous le nez.

– Qu'attendez-vous de moi ? demanda le Niçois. Vous voulez que je le tripote, cet animal ?

– Vous avez jamais mis la main sur un dos de crocodile ? C'est si doux…

– Madame, ayant eu ce qu'il fallait comme romances en ma terre natale qu'on dit d'Azur, je sais ce que c'est que le contact des crocodiles.

– Alors touchez.

Le Niçois caressa longuement le dos et la gorge du jeune animal. La dame tenait fermement le reptile pour prévenir ses soubresauts.

– Ça me plaît beaucoup, fit le Niçois.

– Vraiment ?

– Oui, c'est la première fois qu'en présence d'une femme un crocodile ne me coûte pas 1 000 euros. Vous les vendez ?

– Ça arrive. Souhaitez-vous que je vous apprenne à les écorcher ?

– Non.

– Ça ne prendra qu'un moment.

Elle tenait le domaine absolument toute seule. Ses bureaux étaient installés dans une église abandonnée. Tandis qu'elle égorgeait des crocodiles, elle raconta au Niçois que la mission religieuse avait fermé, que le village qui se trouvait ici avait pris l'eau et que personne ne vivait plus dans le coin.

Pour le massacre elle avait retiré sa robe sans se préoccuper le moins du monde de la présence du Niçois. Ça en était vexant. Elle tuait au crochet, vêtue d'un tablier synthétique blanc. Culotte gigantesque. Toujours les Pataugas. Le Niçois bandait beaucoup mais ne fit rien.

– Vous savez que je suis un rescapé du cancer, expliqua-t-il, on peut rentrer ? Je voudrais le chien.

– Attendez ! Il faut traiter la peau tout de suite. Si je laisse tout en place, ça va se recroqueviller.

– Je dis ça pour ne pas vous faire croire qu'il y aurait chez moi une insuffisance. Je veux dire que par la grâce de la Sainte Vierge, je me suis relevé d'un cancer de la prostate sans la moindre incontinence et aussi gaillard qu'auparavant.

– Vous savez parler aux dames... Han ! Aidez-moi à tirer ! C'est comme quand on enlève le pyjama d'un petit lapin, mais en plus gros. Faut s'y mettre à deux. Allez, tirez !

– Han !... Et ne vous imaginez pas non plus que vous ne me plaisez pas. C'est ma ville. Elle me manque. Je voudrais voir le chien à présent, je sais que ça ne va pas soigner tout mon spleen, mais c'est tout de même pour cela que je suis venu.

Elle lui attrapa le visage et jeta le Niçois par terre. Il se retrouva à quatre pattes, les genoux baignant dans des hectolitres de sang de crocodile. On venait de ruiner son costume.

La dame lui envoya un coup de pied dans le visage et il s'écroula au sol.

Par un réflexe épidermique, il fourra la main dans sa poche pectorale et en extirpa une liasse de billets.

– C'est pour le chien, j'ai oublié de payer. Je peux donner davantage.

Elle se jeta sur lui et balança les billets dans la pièce. Il y avait des dollars partout. La dame lui mit un coup de poing dans le nez.

– Mais quoi à la fin ?

– Rien ! J'aime bien la violence, c'est tout.

Elle l'escalada et se laissa tomber de tout son poids, la chatte sur le visage du Niçois.

Lui, officier des Arts, compagnon de la Libération, hors d'âge mais toujours digne, écarta comme il put la voile de navire qui lui tenait lieu de culotte et fit ce que chaque homme bien né cultive à Nice : passer au plaisir.

Ensuite elle le prit dans ses bras comme un bébé. Il se sentait très bien sans pouvoir l'expliquer. Tous deux sortirent de la salle d'équarrissage tandis que la nuit tombait sur le marécage. Le Niçois lui proposa un cigare et ils fumèrent ensemble.

– Madame, au nom de votre légende et de la mienne, acceptez qu'on ne fasse pas une publicité excessive à la scène qui vient de se produire.

– On va aller voir ton chien. Je ne peux pas vous le donner cette nuit. Le délai légal pour le sevrage d'un chiot, c'est trois mois. C'est demain.

– J'apprécie le stratagème mais si vous souhaitez que je dorme ici, vous n'avez qu'à le demander.

– J'ai ma dignité.

– Vous êtes rigolote !

Au premier regard il était difficile de les différencier de jeunes crocodiles. Les sept chiots s'acharnaient aux tétons de la mère dans un gargouillis avide. Elle en avait marre, la maman. Elle tentait de marcher avec sept brimborions pendus aux mamelons.

La dame aux crocodiles attrapa le plus abîmé et le tendit au Niçois.

– Ton chien.
– Il a des cicatrices partout !
– Les autres sont déjà réservés.
– J'ai le moins bien de la portée.
– Non. C'est le plus téméraire.
– Aïe ! Il m'a mordu les doigts.
– C'est qu'il veut être par terre.
– Aïe ! Il me mord le mollet.
– C'est qu'il t'aime.
– C'est de la merde, votre chien.
– T'as qu'à pas le prendre.
– Je suis trop désespéré, je suis contraint, d'urgence, de faire peser toute ma nostalgie sur une victime quelle qu'elle soit, me détourner de ce chiot, aussi merdique soit-il, n'est pas une option.

Instinctivement, le Niçois s'allongea au beau milieu de la cabane où vivait la dame, le chiot lui sauta à la gorge et tenta de le tuer. Le Niçois se laissa faire. Le petit chien ne parvenait ni à dévorer ni à assassiner son nouveau maître. Il lui lécha le crâne, tira ce qu'il lui restait de cheveux, puis s'endormit.

La dame aux crocodiles ne lui avait même pas servi à boire. L'ancien maire de Nice était allongé sur son parquet et elle s'en foutait complètement. Elle remplit une tasse de mezcal et s'affala dans un fauteuil. Partout dans la pièce, d'autres chiens, chacun dans sa cage. Elle alluma un vieux téléviseur. Au seuil de l'endormissement, le Niçois se demanda comment l'électricité et les chaînes hertziennes pouvaient parvenir au fond des marais. Ça parlait espagnol. La dame reprit la bouteille de mezcal et enfonça les doigts dedans pour en extraire le ver de terre alcoolisé.

– *Y Nissa y Nissa y Nissa...*

La télé parlait de Nice. Jacques Merenda ouvrit un œil. Son chien lui bouffa le nez. Il repoussa l'animal afin de s'asseoir. Le clébard lécha les genoux imbibés de sang de son nouveau patron.

– *Y Nissa y Nissa.*

– Qu'est-ce qu'ils ont dit ?

– Ta ville s'enfonce.

Il plongea la tête dans le bol d'eau des chiens pour mieux comprendre. On parlait d'une faille sismique. Nice s'enfonçait. C'était inexplicable. Une sorte de San Andreas assez important pour que les médias du monde s'en fassent l'écho. Pour l'instant, juste la Méditerranée qui grignotait les galets un peu plus que d'habitude. Mais « *los specialistos* » s'attendaient à un affaissement massif et définitif. D'ici « *quelquas semanas* », la ville de Nice serait encore plus trempée que Venise.

– C'est ainsi, murmura la dame. Tout passe, tout casse, tout lasse. Viens dans mes bras.

– Et laisser sombrer ma ville ? Jamais madame ! Veuillez, s'il vous plaît, me raccompagner à la gare. Je rentre.

– Mais. Et l'exil fiscal ?

– Il en fallut des épreuves pour qu'Ulysse de retour à Ithaque fasse valoir son droit, mais dites-moi, madame, qui se souviendrait de lui s'il était resté au bras de Circé tandis que son île était la proie des malédictions ?

– Pardonnez-moi, je vous connais peu mais vous m'êtes sympathique. Que comptez-vous faire ?

– Revenir. C'est mon devoir.

– Comme si moi, aujourd'hui, j'allais voir un film de merde et que je me disais « Je ne peux pas laisser le monde aux mains d'Angelina Jolie. » L'intention serait louable, mais mon ami, il y a… comment dire… le principe de réalité.

– Madame, je vous conjure de ne pas vous sentir blessée par ce que je vais dire, mais à force de réalité, on finit dans un marécage à égorger des crocodiles.

– 3 –

On lui mettait de côté la presse nationale, il la lisait plus tard. Pour Christian Lestrival, maire actuel, les informations importantes se trouvaient dans la presse locale.

Maguy, son assistante, répartissait les journaux azuréens de gauche à droite du bureau, selon les orientations politiques. À l'extrême extrême gauche, *L'Ankulé*, feuille de chou ronéotypée à la fac de lettres par un professeur de logique formelle, seul organe défendant l'anarchisme niçois, courant minoritaire. Puis, *Lou Patriotou*, journal historique des communistes de la Côte d'Azur, espèce quasiment éteinte. Rien au centre-gauche. Puis *Le Matin de Nice*, PQ régional que chaque Niçois lit aux chiottes, officiellement pour les avis de décès. Mais en réalité la plupart le lisent en entier parce que leur père le lisait avant eux. Ouvrir *Le Matin de Nice,* c'est se rappeler la bonne odeur des étrons paternels, car il l'a déplié aux cabinets, ça s'est gorgé d'odeurs puisque l'offset est un papier poreux. Puis papa a replié le grand journal et nous a laissé en héritage l'odeur spéciale. Nice meurt de ça, du respect dû au père.

– Lou Pitchoun inaugure son tramway.

Comme il en avait marre, Christian Lestrival, à quarante-quatre ans, après vingt ans à la mairie de Nice, qu'on continue de l'appeler « Lou Pitchoun ». Parce qu'aux yeux de tous, il restait un « bébé Merenda ». Un des jeunes loups à qui le vieux Jacques avait tout appris, avant de se carapater en Amérique du Sud avec ses millions.

– Vous savez ce qu'il vous dit, Lou Pitchoun ?

– Vous m'avez appelée, monsieur ?

– Non Maguy.

– J'ai fait des bugnes, vous en voulez ?

– C'est pas carnaval. C'est pas la saison.

– Mais mon mari il aime, je vous en mets une avec le café. Et ne dites pas que c'est gras. Comme je dis toujours, l'œsophage, c'est comme le cul, si t'y mets pas du gras, ça glisse moins.

– Merci Maguy, je retiens cette citation sans être bien certain qu'elle va m'aider.

– Vous êtes pas bien, monsieur, je le vois. C'est parce que vous avez lu le journal.

– Oui, Maguy. Ça me tue. On travaille sur ce tramway depuis quatre ans et voilà que pour l'inauguration on m'appelle encore « Lou Pitchoun ». Dites-moi, Maguy, qu'est-ce qu'il faut pour être grand aux yeux des Niçois ?

– Je parlais pas de ce journal, monsieur. C'est dans *Le Figaro*.

Le Figaro était une sorte d'édition nationale du *Matin de Nice*, les mêmes informations avec moins de faconde, Lou Pitchoun ne l'ouvrait jamais.

Il fit pivoter son fauteuil design dans un imperceptible grincement de cuir et d'huile, son regard accrocha les gros titres. Qu'est-ce qu'il peut m'arriver de pire que le raz-de-marée que le monde entier nous promet ?

Jacques Merenda : – je reviens –

– C'est le Niçois, monsieur ! Ils l'ont retrouvé ! Il est vivant.

– Maguy, par pitié, cessez de l'appeler « le » Niçois. Il y a 700 000 habitants dans notre méta-commune et la plupart ont eu le courage de ne pas s'enfuir au bout du monde à la première incartade fiscale.

– Il est vivant, monsieur, vous vous rendez compte !

– Non, Maguy, je ne me rends pas encore totalement compte. Prenez-moi un billet pour Paris.

– Vous quittez la ville, monsieur Lestrival ?

– Ça va pas non ! Un billet. D'urgence. Je dois voir Sarkozy.

– 4 –

C'était encore plus joli que sur les photos. Nicolas n'était pas là.

– Bonjour, Pitchoun, on ne t'attendait pas.

– Chère madame, sauf le respect, on se connaît depuis longtemps, pourriez-vous avoir l'amabilité de m'appeler autrement ?

Le top model partit dans un grand rire. Elle marchait à pas de géant sur sa pelouse. Hôtel particulier, XVIe arrondissement, tonnelle, vin blanc glacé, enfants qui jouent, petits chats sur les coussins.

– Mick Jagger passe à 16 heures, tu vas rester ?

– Je dois parler à Nicolas, c'est urgent. Je suis surpris de son absence, j'avais prévenu que je venais.

– Il a dû partir d'urgence. Je suis étonnée, tu n'es pas au rendez-vous ?

– Quel rendez-vous ?

– Tu n'es pas au courant ? Le Niçois est de retour. Il discute avec Nicolas.

– Nicolas va revenir ?

– Je ne sais pas à quelle heure.

– Finalement, je vais accepter votre proposition. Je vais attendre Mick Jagger avec vous.

– Non, Maguy, tout va bien. Vous annulez simplement le billet de ce soir. Vous me faites rentrer demain. Non, je n'ai pas vu monsieur Merenda et, par pitié, vous cessez de l'appeler le Niçois, vous l'appelez… Non ! Pas « monsieur le Maire ». Maguy, on se parlera demain, je suis (*il baissa la voix*) Maguy, je suis avec Mick Jagger.

Et il s'en foutait complètement. Il ne pensait qu'à sa ville.

Mick Jagger avait pris une guitare Les Paul dans la chambre des enfants Sarkozy et, pour rire, jouait un air des Beatles. Carla chantait. Christian Lestrival affirma que c'était sa chanson favorite des Rolling Stones et le rire de l'assistance le déstabilisa. Il demanda à nouveau quand rentrerait Nicolas Sarkozy. Personne ne savait.

– *I know who you are !* lui dit Mick Jagger. *I remember every face I see ! In the eighties, we had this terrific night with this guy in the Riviera, the mayor.*

– *Le mayor, it is me, now !*

– *Yes ! You are his baby boy ! You were so embarrassed in the old days.*

– Carla, je suis un peu *embarrassed by* l'anglais, que dit-il ?

– Je lui ai raconté que tu étais champion de motocyclette, ça lui plaît parce que le seul souvenir qu'il a de toi c'est dans un club de strip-tease avec le Niçois.

– J'avais vingt-cinq ans, zut à la fin !

– Et il se souvient que tu étais le seul à garder ta chemise.

– Il me semble que c'est tout à mon honneur, que ces temps sont révolus et… je suis conscient de l'honneur qui m'échoit, à partager avec vous cette soirée en compagnie d'une légende du rock et du sexe, mais il est urgent que je parle à monsieur le Président.

Comme par magie à l'évocation de la magistrature suprême, Nicolas Sarkozy poussa la porte du jardin. Il donna congé à ses gardes du corps et se dirigea d'un pas martial vers Mick, vers Carla.

– Lestrival, qu'est-ce que vous foutez là ?

Il allait lui donner un cigare. L'entretien aurait une durée proportionnelle à la longueur dudit cigare. Le Pitchoun eut une moue d'enfant déçu en constatant qu'on lui tendait un Churchill : trapu mais court. Quinze minutes maximum. Comme une verge dont, à défaut de pouvoir en vanter la longueur, on dirait « Hé, mais elle est large. »

« Sarkozy est plus beau que moi. Sarkozy est plus musclé que moi. Il est petit, certes, mais il a un truc que je n'ai pas. J'ai mis des voitures électriques à Nice avant tout le monde. J'ai collé dans ma ville davantage de caméras de surveillance qu'à Londres et je sais très bien nos performances sportives. Je cours plus vite, je nage plus longtemps. Je suis le premier maire de Nice qui court le triathlon. Je rougis dans l'effort. Lui, jamais. Il doit mettre du fond de teint. Je me trompe. Je suis *très* bien. C'est *moi* qui me dévalorise sans cesse. C'est la faute du Niçois ! Merde ! Même moi je l'appelle comme ça. Je suis l'artisan de mon propre malheur. J'avais passé vingt ans sans Merenda et tout allait bien. À part le raz-de-marée qu'on nous annonce, mais il ne faut pas trop écouter la météo. Tout allait bien. Le Niçois rev… Bordel ! Merenda revient et je me déballonne… »

– Lestrival…

– Oui, monsieur le Président ?

– Tu vas fumer tout ton cigare en silence ?

– C'est vous qui avez quelque chose à me dire, monsieur le Président.

– Pour l'instant je suis juste président du parti des Républicains, alors tu peux peut-être m'appeler Nicolas et cesser de me vouvoyer.

– C'est ma façon de signifier subtilement que…

– Les Niçois ne sont pas forts en subtilité, Christian. Tu fais la gueule.

– Et vous savez pourquoi.

– Ne t'inquiète pas, Christian. Je l'ai vu. Ça m'a fait plaisir. Ça fait vingt ans ! Il n'a guère changé. Il a un chien excessivement con mais c'est le même. Merenda, c'est Hibernatus, tu l'envoies en exil fiscal sous Mitterrand, il te revient avec le même costume beurre frais et la même moustache d'acteur porno.

– Monsieur le Président, je me dois de vous demander…

– Tu n'écoutes rien ? Je te dis de ne pas t'inquiéter. Je lui ai dit non.

– Nicolas, tu lui as dit non et ?

– Et il est parti.

– Comme ça ?

– Comme ça.

– Ce n'est pas son genre, Nicolas. Vous avez déjà vu Jacques Merenda essuyer un refus et s'en aller les mains dans les poches ?

– Eh ben, vas-y ! Viens chez moi, chante avec ma femme, bois mon vin, fume mes cigares et traite-moi de menteur par-dessus le marché. Je te dis que j'ai refusé, et qu'il est parti. Rentre à Nice, tu m'emmerdes. Et dors tranquille.

– Monsieur le Président, votre pantalon…

– Je sais. C'est le putain de chien du Niçois…

– Nicolas, ne l'appelez pas comme ça, vous savez que ça m'agace et… ne doutez pas de ma confiance, c'est juste que…

– Ne t'inquiète pas ! Les vêtements sont les mêmes, mais en dedans, avec le temps, il a dû se radoucir. Vingt ans dans la jungle, ça apprend à accepter les défaites.

Carla s'approcha avec Mick Jagger. On se demanda quelle musique programmer au prochain congrès des Républicains.

Christian Lestrival avait la tête qui tournait. Trop bu, trop fumé. Il se souvenait de la dernière fois où il avait vu Sarkozy et Jacques Merenda sur le même podium. C'était du temps où Chirac se présentait contre Mitterrand. Le Théâtre de Verdure de Nice avait été transformé en salle de meeting. C'était beau. Il y avait Pasqua. Aujourd'hui, Pasqua venait de mourir. Christian Lestrival fut pris d'une terrible nostalgie. Sarkozy et lui étaient tout minots à l'époque. Chirac et Merenda avaient pénétré dans le théâtre comme deux mariés. Comme Coluche et Le Luron pour leurs noces. Eux, bébé Chirac et bébé Merenda, ils faisaient garçons d'honneur. La musique était extrêmement entraînante et un public de tous âges tapait des mains avec autant de joie que pendant un concert de Bruel. Putain quelle époque !

– Je m'en souviens ! La musique, c'était *The Final Countdown*, du groupe Europe.

– Qu'est-ce qu'il te prend, Christian ? demanda Sarkozy. Europe ? *The Final Countdown* ? *Seriously ?*

– Ha ! Ha ! Ha ! fit Mick Jagger.

– Laisse, murmura Carla, c'est choupinou.

Christian Lestrival ne prit pas la peine d'expliquer pourquoi il avait eu cette chanson en tête. Il dit au revoir très civilement et sortit de la propriété. Il fit signe à son chauffeur de partir. Il voulait marcher un peu seul.

« Il n'a rien de mieux que moi. C'est si simple et je n'avais pas compris. En politique, même à droite, on ne vous pardonne pas d'être niçois. »

– 5 –

En sortant de chez les Sarkozy, Lou Pitchoun éprouva le besoin d'appeler sa mère.

Elle ne répondit pas. Christian Lestrival essaya les différentes options que proposait son téléphone cellulaire, aucune ne fonctionna. Sa maman n'était disponible ni sur Facetime ni sur Viber ni sur Skype ni même sur téléphone. « Elle doit regarder la télévision. »

– Non, je ne veux pas de ma voiture de fonction. Allez dormir.

Sa BM l'avait suivi tous feux éteints, à la vitesse de la marche et sans bruit. Ça avait son petit côté Batman, d'être le maire de Nice en visite à Paris. D'un geste, il renvoya la Lestrivamobile et son chauffeur à l'hôtel.

Les gardes du corps continuaient de le suivre.

– Vous aussi ! Ouste ! Voyez pas que j'ai besoin d'être seul ?

– Monsieur le Maire, en cas d'incident…

– Vous croyez que j'ai peur des Parisiens ?

– Monsieur le Maire, il ne fait aucun doute que vous êtes un grand sportif, mais…

– Allez dormir.

Enfin seul. « Maman ? Maman ? » Il se mit en terrasse. Une dame chinoise d'âge respectable vint s'installer à côté de lui. Il mit longtemps à comprendre qu'elle tentait de vendre son corps.

– Pardon, madame, je ne pouvais pas imaginer.

Elle parla de prix en usant d'un accent que la majorité des Asiatiques francophones jugerait offensant.

– Maman ! Où étais-tu ? Je sais bien que tu n'es pas obligée de vivre près du téléphone. Pardon, ça n'était pas un reproche… je sais. Oui. Ça n'est probablement rien. Il vient sans doute juste en visite. Et Sarkozy m'a donné des garanties : le vieux n'aura jamais l'investiture du RPR. Enfin, de l'UMP, enfin, des Républicains. Qu'est-ce qu'ils peuvent être cons à changer de nom tout le temps ! Le PS et la Vache qui rit ont le même label depuis longtemps et c'est plus simple pour l'usager.

La dame chinoise avait décroisé ses bottes dans un crissement de vinyle et s'en était allée chercher fortune sur d'autres terrasses des Champs-Élysées. Un homme d'une soixantaine d'années, portant beau, arriva en fauteuil électrique. Il convoitait une table située deux rangées devant celle de Lestrival. Les chaises dans le passage empêchaient le trajet harmonieux du fauteuil.

– Ces Parisiens ! Personne pour aider !

De fait, à l'exception de monsieur Lestrival, il ne se trouvait vraiment personne sur cette terrasse. Sans lâcher le téléphone depuis lequel il causait à sa mère, Lou Pitchoun se leva et avec une brusquerie excessive, libéra le chemin. Puis il entreprit de pousser le fauteuil.

– Merci. À partir de là, je vais me débrouiller, lui dit l'homme aux cheveux gris.

– C'est parce qu'il me fait penser au vieux, c'est pour ça qu'il m'agace, maman ! Même assis sur son fauteuil roulant, il me regarde de haut.

– Mon Pitchoun, de qui tu parles ?

– Maman, je t'ai dit de pas m'appeler comme ça !

– Mais tout le monde t'appelle ainsi, Pitchounet !

– Tout le monde m'agace, maman !

– Même moi ?

– Oui ! Je t'appelle, tu réponds pas ! Tu étais avec qui ?

– Christian, à ton âge, il est temps que tu apprennes qu'une dame a droit à sa vie privée, même si c'est ta mère !

– Il m'agace !

– Mais qui ?

– Un handicapé ! Il me prend de haut. Sarkozy aussi. Et le vieux…

– Le Niçois.

– L'appelle pas comme ça.

– Pitchoun ! Arrête de te sentir menacé par toutes les figures d'autorité que tu croises… Personne ne va rien te voler ! Ni ta maman, ni ta ville.

– Attends !

Une grande blonde arrivait. Elle portait des souliers plats en cuir de vache, une robe cigarette noire en satin ainsi qu'une tignasse rêche comme la paille qui la faisait ressembler à Shaun le mouton. La voyant arriver, l'homme aux cheveux gris se leva de son fauteuil roulant et la prit dans ses bras. Ils échangèrent un baiser sur les lèvres qui fut interrompu par les cris du maire de Nice.

– Vous vous foutez de ma gueule ?

Monsieur le Maire tenta de gifler le sexagénaire. La blonde saisit Lestrival au poignet et l'envoya valser dans un tas de chaises en fer-blanc.

– Pardonnez-moi, dit-elle, je fais du jiu-jitsu. Paris n'est pas sûr.

– Je ne vous ai rien demandé, ajouta le paralytique. Et je ne suis pas un faux malade. J'ai été terrassé par une attaque cardiaque l'an dernier, qui m'a laissé partiellement hémiplégique. Depuis je lutte chaque jour pour ma motricité. Bientôt, sûrement, je n'aurai pas besoin d'aide pour casser le nez d'un agresseur. J'aurais sans doute dû vous prévenir qu'en y mettant toutes mes forces, j'étais depuis peu capable d'effectuer quelques pas hors de mon fauteuil. Pardon, c'est de la vanité. Je réservais cette surprise à la femme que j'aime.

La blonde se lova dans les bras du vieux et tira la langue au maire de Nice qui bredouilla des excuses tandis qu'il se désencastrait de son tas de chaises.

Seul dans la rue, il se répéta que sa maman avait raison, il s'en laissait trop conter. Si le Niçois avait été là, il aurait su quoi faire, quoi répondre, et nul doute qu'il aurait embarqué la blonde.

« Tout ça, se répétait Lestrival, c'est dans ma tête. Je vais énumérer une à une les choses qui m'impressionnent et je conjurerai tous les épouvantails.

» Premièrement, Paris. À Nice, je m'en fous d'être un champion de moto devenu politique. J'en tire toute la fierté qui s'impose. Je ne suis pas dans un moule. Ici, j'ai honte de ne rien savoir des Rolling Stones. S'il y avait eu Jean-Louis Aubert à la place de Mick Jagger, j'aurais su quoi dire. »

Et dans une allée adjacente aux Champs-Élysées, monsieur Lestrival, cravate dénouée, se mit à chanter qu'il rêvait d'un autre monde.

– Aucune caméra ! Pébron de Parisiens ! Dans ma ville, tout est si bien surveillé que ce que je m'apprête à faire, personne n'y parviendrait.

Il sortit un couteau suisse miniature qui lui tenait lieu de porte-clés et s'attaqua à l'antivol d'une Harley-Davidson. En moins d'une minute, la serrure cédait. Lou Pitchoun parvint à connecter les fils du contact. Des individus imposants sortirent du bar à putes adjacent. Tandis qu'il démarrait, Lou Pitchoun reconnut la vieille dame chinoise aux bottes qui faisaient *pouic ! Pouic !* Ses nouveaux compagnons avaient des dégaines de copains de Johnny Hallyday. Gros, vieux, certains d'avoir l'air de terreurs.

– *Issa Nissa* ! hurla Lestrival, puis il fit crisser les pneus.

– On va te niquer ! On va te niquer !

Six gros culs pleins de bière enfourchèrent leurs motos. Le septième petit cochon, celui dont on avait volé le véhicule, monta derrière un des collègues. Son surpoids fit basculer la moto dont le pot d'échappement ripa au sol.

Lestrival se fit la réflexion que ses poursuivants avaient tous la tête de Luc Besson. Il grilla un feu rouge. Derrière, les gros lourds suivaient en vociférant. Lou Pitchoun mit les gaz. En 500 mètres de ligne droite, c'est-à-dire entre la boutique Louboutin et le magasin Vuitton, il était passé de 70 à 230 kilomètres/heure. Au niveau de l'Arc de triomphe, une des motos alla s'encastrer dans le convoi automobile d'un prince du Golfe. Un gros en djellaba sortit de la bagnole et se prit le chou avec l'un des Luc Besson.

– Ha ! Ha ! hurlait Lou Pitchoun. À Nice, on m'aurait déjà arrêté ! Mes flics, c'est *San Ku Kaï* ! Ici, justice nulle part, police nulle part.

Le régiment des Luc Besson n'était plus qu'un petit essaim lumineux dans le rétroviseur.

Lou Pitchoun entra sur le périphérique et y navigua en sens inverse, à toute vitesse, tout simplement parce qu'il pouvait le faire.

– Ils se foutent de ma gueule parce que pendant qu'ils faisaient l'ENA, moi je courais les rallyes moto, mais qui, qui parmi les édiles français saurait faire ça ?

Tout de même, la police fit son apparition. Très loin. Pas assez vite. Lou Pitchoun emprunta la première sortie, les sema lors d'un bref gymkhana parmi les tours déprimantes d'un territoire perdu de la République puis, sans être inquiété, il rejoignit l'aéroport par des petites routes.

– Maguy. Oui, Maguy. Dites à mes collaborateurs que je suis déjà à Orly, je prends le premier vol demain et j'irai accueillir le Niçois… je veux dire monsieur Merenda. Maguy ?…. Pouvez-vous vous renseigner sur l'endroit où il loge… Quoi ? Comment ça « à la mairie » !?

– 6 –

Il fallait se réhabituer à Nice, dont la lumière éblouit très différemment du soleil des Amériques. Jacques Merenda avait ressorti ses très grosses lunettes. On s'enrhume, aussi, à Nice, c'est la faute des graminées. Voilà un secret bien gardé et qui aurait pu avoir des conséquences funestes sous l'angle électoral : Jacques Merenda *aka* le Niçois souffrait d'allergie à diverses plantes azuréennes, au rang desquelles, honte terrible : le mimosa.

Voilà, il avait le col roulé sous la chemise et il toussotait dans le Vieux-Nice en clignant des mirettes derrière ses lunettes, son chien le tirait en avant.

– Hé ! Vous ressemblez à...

– Chuuut !

Le mendiant qui lui avait souri était déjà près de la même fontaine avant l'exil du Niçois. Le temps, le soleil et l'alcool avaient accentué son caractère, mais il demeurait identifiable.

– Vous avez toujours votre babouin ?

– C'est un autre, monsieur le Maire, tout passe, tout casse, tout lasse, et vous, vous avez un chien ?

– De merde, mon ami, un chien de merde.

Le hamadryas du sans domicile montra ses dents longues comme le poignard du général Massu. Le chiot du Niçois lui sauta à la gorge sans réfléchir. Chacun tira sur la laisse de sa bestiole, on évita l'attroupement.

Merenda sonna chez le docteur Bouchoucha. Il fallait se réhabituer. Pas seulement au soleil. Il fallait travailler les dispositions politiques. Au même titre que les sportifs de haut niveau, les animaux électoraux doivent se faire aimer et convaincre chaque petite voix de la cité qu'on se bat pour elle.

C'était, il y a vingt ans déjà, le plus mauvais docteur de Nice. Cependant, son cabinet se situait à deux pas de la mairie et il bâclait les consultations de ses patients, ce qui permettait de ne pas perdre trop de temps, sauf quand il y avait la queue.

Les vitres de la salle d'attente n'avaient pas été nettoyées depuis le précédent locataire. Il s'agissait probablement du seul local niçois où fumer était encore autorisé. C'était plein comme une boîte d'œufs. Un peu quart monde mais les pauvres du Vieux-Nice ont une sueur particulière qui fait vacances. Trois Blancs très pauvres avec pantalon de flanelle ou de velours bien trop grand, indice qu'ils avaient maigri quand leur fortune était partie. Ils s'étaient rassemblés dans un coin de la salle d'attente. Les jeunes s'étaient mis de l'autre côté, de toutes ethnies, le nez sur des écrans, seuls les hommes portaient la queue-de-cheval. Une dame africaine qui portait un voile traditionnel sembla ne pas reconnaître Jacques Merenda.

– Monsieur le Maire !

– C'est le Niçois !

– Putain de fan du pétant de madame Jourdan !

– Pute borgne que t'y mets la queue dans l'orbite ça lui fait pleurer l'autre œil, c'est monsieur le maire.

– Hé gros ! C'est le daron !

Jacques Merenda joua la surprise. Tandis que son chiot cherchait à manger sur le tibia rachitique d'un des trois Blancs, monsieur l'ancien maire sortit de sa poche un chapeau juif : une kippa en satin bleu brodée d'étoiles d'argent.

– Pardon, je crois que vous m'avez déjà vu.

– Excusez-nous !

– On vous a pris pour…

– Vous ressemblez à…

– Cela m'arrive souvent. Quelle synagogue fréquentez-vous ? On s'est peut-être vus là-bas. Pardonnez mon chien, il a facilement faim, pourtant je le nourris, il a eu sa carpe farcie ce matin. Où sont les toilettes ? Je ne sais pas s'il faut remercier l'Éternel notre Dieu, mais je pisse tout le temps.

– Juste derrière, dans le couloir, répondit la dame africaine, mais il y a un souci.

– Oui, c'est la merde avec les chiottes, hurla le docteur Bouchoucha depuis la porte ouverte de son cabinet de consultation. Vous vous retenez.

Jacques Merenda attendit en dansant d'une fesse sur l'autre. Le docteur Bouchoucha fit entrer par ordre d'arrivée les dix patients. Il n'y a qu'à Nice, songea Merenda, que je me laisse emmerder comme ça.

– Jacques, putain de merde ! hurla de joie Bouchoucha devant la salle d'attente vidée de ses patients.

Le chien lui sauta dessus.

Bouchoucha ressemblait à l'inspecteur Columbo en moins propre. Il avait aussi l'air d'un accordéon replié. Aucun de ses vêtements, ni sa chemise Façonnable ni sa blouse de docteur, n'avait jamais connu le fer à repasser. Son visage était bleui par des poils de barbe dont aucun rasoir ne pourrait jamais arriver à bout. Chacune de ses oreilles dégorgeait des poils d'éléphant, une vraie forêt. C'est ainsi, beaucoup de médecins sont poilus des oreilles, on ne sait pas pourquoi. Nul ne sait quelle taille aurait mesuré le docteur Bouchoucha s'il s'était tenu droit. C'était un affalé : tout l'accablait et son état ordinaire s'affichait ainsi. Grand sourire sous un seul sourcil, corps tirebouchonné, bizarre pour un passionné de danse.

– Jacques, c'est quoi ce chien de merde ?

– *Has ve shalom*, docteur Bouchoucha, il faut aimer chaque créature que Hashem a mis sur Terre.

– Jacques, tu joues à quoi ?

– Quoi ? On se connaît ? Quelle synagogue fréquentez-vous ?

– Jacques, putain !

– Tu m'as vraiment reconnu ? C'est terrible, je n'arrive pas à faire le Juif.

– C'est pas la question ! Je te connais depuis cinquante ans, tu es con ou quoi ?

– J'avais mis une kippa, pourtant. Peut-être que c'est à cause de votre foutue intelligence juive que tu m'as reconnu ? Je devrais essayer avec un pied-noir ? C'est plus con, les pieds-noirs, non ? J'ai oublié, je suis nul en bougnoulogie, pour moi vous êtes tous pareils.

– Ha ! Ha !

– Ha ! Ha ! Rigole pas, c'est grave, j'ai perdu la main ! C'est mon job ! Je dois être catho avec les cathos, pédé avec les gays, je dois être chaque Niçois.

– Qu'est-ce que tu fous là ?

– C'est rien, je voudrais que tu me touches un peu les couilles.

– Par amitié ?

– Pour un motif médical aussi, tu vois on m'a enlevé pas mal de choses dans cette région et pourtant tout est impec. Si tu mettais un doigt dans mon cul, tu y trouverais une région accueillante et souple, qui peut encore servir.

– Tu veux que je te mette un doigt dans le cul ? Ça fait partie des choses qu'on a le droit de demander à son médecin traitant, tu sais.

– Une autre fois. Non. Regarde, c'est dans la peau des couilles.

Bouchoucha lui fit baisser son pantalon. Le Niçois demanda tout de même qu'on ferme la porte vitrée de la consultation.

– Mais la salle d'attente est vide ! Tout le monde s'en fout de ton organe.

– Tout de même, Francky Bouchoucha, on verrait le chef de la délégation communiste du conseil municipal tripoter les roubignoles de l'ex-maire divers droite, ça ferait un beau cliché.

– Bon. En tout cas, c'est rien.

– Rien comment ?

– Rien comme un poil qui a poussé à l'envers, dans ton scrotum, et qui n'appelle ni l'analyse ni l'inquiétude. Ne le tripote pas cependant car le propre des kystes c'est de grossir en cas de malaxage. Touche-toi plutôt autre chose. Tu m'as manqué, couillon !

– Hé ! Tu parles à un seigneur ! Quand il y aura plus ni toi ni moi, il restera qui comme grand tribun niçois ?

– Moi, je suis un tribun à 4 % d'électeurs.

– Trotskiste à Nice, tu as toujours cherché les difficultés.

– Jacques, tu reviens pour quoi ?

– Je reviens, c'est tout. On se voit bientôt.

– Bonne journée, Jacques. Je suis content de t'avoir vu. Jacques…

– Oui ?

– En partant, retire ta kippa.

– 7 –

Avant de quitter son cabinet, Le Niçois avait demandé à Bouchoucha combien faisait son Parti communiste aux élections. Le docteur avait cru que c'était pour se moquer de lui. Il avait tenu à expliquer à Jacques Merenda que dorénavant cela s'appelait le Front de gauche. Jacques ne s'était pas privé de faire savoir qu'il trouvait que c'était un nom à la con. Insulter un communiste, avait-il ajouté, c'est amusant, tandis que traiter quelqu'un de Front de gauche, ça relève du particularisme anatomique, c'est pas beaucoup mieux que « gros cul » mais pour la tête.

– Oui, bon, on fait 4 % et tu le sais très bien, avait fini par avouer Bouchoucha.

– Tu représentes le Parti communiste français depuis quarante ans, je me barre d'ici pendant deux décennies, je reviens, et tu es toujours à 4 %, et ça ne te fait pas honte ? insista Jacques.

– Tu me fais chier, bordel, va te faire enculer si tu es revenu de chez les *caganceiros* pour m'humilier du haut de ton grand capital, tu peux bien repartir là-bas avec tous tes kystes, répondit le praticien.

– C'est parce qu'il y a « français » dans PCF, tu comprends, Bouchoucha, en tant que patriote, ça m'ennuie qu'un truc avec le label « français » plafonne aussi bas.

– Va-t'en, si c'est pour me faire chier, je te souhaite de rester en très bonne santé, comme ça je te verrai plus, cracha le docteur.

– Je m'en vais brièvement, répondit Merenda, je vais à la mairie, j'ai à faire, mais si tu permets, je reviens pour le déjeuner et tu m'emmènes où tu veux, pour voir si malgré tous ces changements dans les noms des partis politiques, certaines choses sont restées plus ou moins en place, je veux dire, les farcis par exemple, ou les beignets de fleur de courgette.

– Reviens si tu veux, Jacques, mais promets-moi que tu ne parleras pas de politique car sur ce sujet, on ne peut pas s'entendre, c'est pas de ta faute, tu es une ordure capitaliste, c'est la faute de ton père, t'as eu du pognon alors tu es aveugle aux souffrances des gens. Et aussi, ne me parle pas de mon club de danse car il y a vingt ans déjà j'avais du mal avec ces blagues où tu me traites de pédé, alors maintenant ça sera encore plus pénible, précisa Bouchoucha.

– Ah tu fais encore ta danse de merde ? Avec les petits tutus et tout ?

– Je fais ça avec mon pognon, j'anime la seule association sportive qui fonctionne à l'Ariane sans argent public, sans subsides municipaux et sans fonds secrets du Qatar pour la promotion du salafisme. Je fais danser des jeunes et des moins jeunes, je leur apprends qu'ils ont un corps, qu'il ne faut pas traiter les filles de prostituées, qu'on peut être un homme et danser sans être un pédé. Qu'on peut aussi être un pédé si on veut, et que si un vieux connard débarque d'Amérique du Sud avec un cigare et des idées de merde, ils peuvent lui faire des entrechats dans les narines, tu sais, la danse c'est plus fort que les arts martiaux.

– Tu as raison, Bouchoucha, on parlera pas de danse non plus, ta générosité m'emmerde, et ton espoir aussi. Mais je t'aime, moi aussi, va te faire enculer.

– 8 –

Merenda était reparti hilare dans les rues du Vieux-Nice. Son vieux copain ne changeait absolument pas. Il y a quarante ans, ces deux-là s'empoignaient au sein du conseil municipal, l'un pour les soviets et l'autre sans trop d'autres idées que reprendre le fauteuil de son père, car les Merenda étaient édiles de père en fils. « Et finalement, pensait Jacques, c'est mon ami révolutionnaire, celui qui ne rêve que de tout changer, c'est lui qui ne bouge jamais. Moi j'ai fait le tour du monde et mon compte en banque est passé par toutes les couleurs de l'arc-en-ciel, je me suis retrouvé traqué à modifier mon nom d'un pays à l'autre ! En Argentine on m'appelait même le vicomte de Médicis et j'étais le seul que ça faisait marrer. J'ai vécu mille révolutions, tel Trotski en exil, j'admets que je ne me préoccupais pas du sort du monde mais bien de ma seule justice sociale personnelle, mais enfin, si un destin donne le tournis, c'est bien le mien, en butte aux oukazes de la ploutocratie sociale-démocrate, mon seul crime aura été d'aimer ma ville, de lui prendre le plus d'argent possible et, oui, je ne te le dirai pas en face, mais cher docteur Bouchoucha je pense comme toi, c'est la crocodilisation de l'homme par l'homme où qu'on aille, la lutte des classes à tous les étages, oui. Seule différence entre nous, toi, tu as ce putain d'espoir tandis que moi, comme sur les billets d'un dollar, je dis "in God je truste" à condition que ça soit écrit sur des biftons. Bordel, Bouchoucha, ça me fait tellement plaisir que tandis que j'ai roulé ma bosse, toi le révolutionnaire, tu sois resté ici, à tenir la caisse du Parti communiste du front de mes couilles, tu sais, ça me rassure d'être presque allé sur la Lune et que toi, sans quitter ta rue, tu sois resté à 4 %, mon ami communiste, je t'aime, et je te le redirai de vive voix tout à l'heure, pour le déjeuner. »

Il s'arrêta chez le fleuriste pour chercher du muguet. En arrivant à la mairie, il en offrit aux dames de l'entrée, aux huissiers, chacun vint lui faire la bise. Il expliqua que ça n'était pas la fête du Travail, mais que, tout de même, tout ce monde-là avait bien bossé pendant les vingt ans de son absence.

– Vous savez, monsieur le Maire, on n'a jamais cru les racontars que répétait la télévision à votre sujet, on sait très bien que si vous avez pris de l'argent, c'est à ces connauds de Parisiens que vous l'avez fauché et pas à nous, pas aux Niçois.

– Chère madame, je suis bouleversé par votre marque de confiance et je puis vous jurer que je ne suis pas aussi honnête que vous le dites, mais soyez certaine que mes incartades ont coûté moins à la ville que les erreurs de gestion de mon successeur, je ne parle pas du Pitchoun, c'est comme mon enfant, mais l'intérim entre lui et moi n'a pas été jojo. Vous voyez, madame, et cela, je ne puis le dire à la télévision car les pisse-froid de la capitale ne comprendraient pas, mais voilà : lorsqu'on truque une comptabilité, on se doit d'être très précis, et moi, au domaine communal, ou à tout autre poste et vous le savez bien, nous avons toujours été très précis. Pour un franc que je volais, je me suis toujours arrangé qu'on n'en gaspille pas deux en dépenses superflues…

Le Niçois s'apprêtait à continuer sa démonstration lorsque des chants orientaux et des youyous retentirent depuis la salle des mariages.

– Oh, là là, murmura une secrétaire, le Pitchoun, y va pas être content.

– C'est vrai, demanda Jacques, il est où, Lou Pitchoun ? Je l'ai pas vu depuis mon arrivée…

– Il vous attend dans votre bureau, monsieur le Maire, enfin dans son bureau, enfin, dans le bureau municipal.

Une famille marocaine sortait de la salle des fêtes. Ils étaient une trentaine et lançaient des pétales de fleurs. Des Mercedes attendaient dehors. Des enfants couraient. Jacques Merenda prit la pose pour la photo, car, par une magie très niçoise, tout le monde le reconnaissait, même les arrivants de fraîche date. On lui mit un fez sur la tête, on chanta *Ramona* et monsieur l'ancien Maire impressionna l'assemblée en faisant des youyous.

– J'ai appris ces vocalises chez les Juifs, mais chez vous c'est pareil ? Ne vous vexez pas, après soixante ans à fréquenter vos deux obédiences, je ne parviens toujours pas à faire la différence entre un Juif et un Arabe.

L'assistance rit de bon cœur. C'était la magie Merenda. Il pouvait proférer les pires horreurs qui auraient conduit n'importe quel autre élu directement en correctionnelle, dans sa bouche, ça passait. Pourquoi ? Peut-être parce qu'il méprisait sincèrement et les religions et les nationalités, mais que profondément, il aimait les gens, à condition qu'ils vivent chez lui, à Nice. « Vous voyez… »

– Maguy, qu'est-ce qu'il fait ? demanda Christian Lestrival ?

– Un discours, monsieur le Maire.

Lestrival sortait de son bureau, il se tenait en haut de l'escalier. Sa mairie était encombrée des deux choses qui le mettaient le plus mal à l'aise : un mariage d'Arabes et Jacques Merenda.

– Mes biens chers frères, dit le Niçois qui avait toujours son fez sur la tête. *Shalom, salam,* Dieu vous bénisse. Vous avez un courage fou de vous marier, ça va vous coûter du pognon, et vous, madame, jolie comme vous êtes, ça fait pitié, mais enfin je vous souhaite d'en profiter, de mettre au monde des gosses pas trop cons et de ne jamais louper un coup de bite quand il se présente. Pardon, il y a les grands-mères, je vais le dire de façon plus polie. Moi qui avance dans l'existence, je peux vous affirmer que la famille, c'est très important, mais moins que l'argent, et l'argent, c'est moins important que tous ces moments, madame, où un inconnu vous volera un baiser. Aussi je remercie les religions qui ont inventé l'interdit et qui rendent le péché si intéressant, mesdames, messieurs, mes biens chers frères, c'est pour cela qu'on se marie dans une mairie, pour entendre des paroles sensées, parce que s'il fallait attendre les prêtres, on en resterait aux généralités. L'amour, c'est bien, mais je vous assure, parfois le pragmatisme des institutions municipales a du bon. Je regrette de ne plus avoir mon écharpe car j'aurais aimé célébrer ce mariage.

On l'applaudit si fort. Les gens ne savaient jamais s'il déconnait ou pas, mais il était vieux et il avait une bonne tête avec son cigare à côté des sigles « interdit de fumer ». Ce maire à la retraite donnait envie de faire des conneries.

– Monsieur le Maire, c'est une si bonne surprise de vous voir ! On vous avait jamais rencontré en vrai ! Tout le monde disait que vous étiez raciste.

– Vous plaisantez ! Tant que vous votez pour moi, je vous aime.

Tout le monde rit beaucoup, sauf monsieur Lestrival. Le maire en place descendit l'escalier.

– Ah, monsieur Lestrival, mille pardons, fit le papa de la mariée, je sais que vous n'aimez pas trop les chants orientaux, mais vous savez, on est heureux, c'est un beau mariage.

– Mais je n'ai rien dit ! s'offusqua Lestrival, je suis heureux de vous voir, je vous souhaite du bonheur, et je suis ravi que la municipalité accueille…

– Pitchoun, fais le câlin !

Et Merenda le prit dans ses bras et lui ébouriffa les cheveux.

– C'est pas sa faute, c'est un garçon sérieux, il a rien contre les Arabes, c'est qu'il se fait une idée des institutions, il croit que le mariage, c'est sérieux.

– Monsieur le Maire, je n'ai rien dit de tel.

– J'aime bien quand tu m'appelles monsieur le Maire, Pitchoun.

– Ah ? Dans ce cas pourriez-vous m'appeler « monsieur le Maire », vous aussi, ça me ferait plaisir.

– Oui ! Alors mes amis, allez en paix, joyeuse vie ! Soyez de toutes les religions, mais restez bien niçois car c'est le plus important, et faites le bisou à monsieur le Maire Pitchoun, car il a besoin qu'on le déride, allez ! Madame, faites-lui des chatouilles, vous allez voir, il fait le bougon mais en fait il est gentil.

– 9 –

Dix minutes de youyous plus tard, Lestrival fermait rageusement la porte de son bureau. Jacques s'affalait sur le fauteuil du maire.

– Pas là, Jacques, c'est mon fauteuil.

– Je te l'emprunte.

– Jacques, vous faites chier, on ne rigole pas avec l'islam, la situation est tendue, il y a l'intégrisme, le terrorisme, le risque du Front national, vous ne vous rendez pas compte, on navigue à vue ! Il suffit qu'ils me fassent leurs bar-mitsva dans le hall de la mairie et je perds 5 %.

– Tu n'as jamais su t'y prendre. Et c'est comme ça que tu m'accueilles, après vingt ans ?

– Pardon, vous voulez quoi ? Tenez, voilà du Chivas, je l'ouvre pour vous, vous direz pas que je suis chien. Moi, je suis un programme sportif strict, car je cours le marathon, donc je ne trinque pas avec vous, pardon. Avec Sarkozy, je peux pas me permettre de perdre. Il paraît aussi que Marionette Lou Pen se met au triathlon, putain, Jacques, je suis cerné de tous les côtés, j'ai besoin d'aide, et certainement pas que vous veniez me faire chier.

– Tu as besoin d'aide, Pitchoun ?

– Pas dans le sens où vous l'entendez, pas « tonton Jacques est revenu pour te faire bénéficier de son expérience ». J'ai besoin, pour le dire simplement avant même que vous m'expliquiez la raison de votre retour, j'ai besoin que vous n'ajoutiez pas au bordel ambiant, car croyez-moi, là où je me trouve, c'est de moins en moins simple d'être Républicain.

– Ah, toi non plus, tu ne dis plus Parti communiste français ? Tu dis Front de gauche ?

– On s'appelle les Républicains, je ne comprends pas votre plaisanterie, Jacques. Que faites-vous ici ? Vous repartez quand ?

– Je ne peux pas partir. Regarde.

Et Merenda se leva du fauteuil du maire pour ouvrir grand les rideaux. Lestrival se précipita sur son fauteuil pour que l'autre ne le lui pique plus. La lumière aveuglante du Midi baigna tout le bureau. Jacques ouvrit les fenêtres, les papiers sur le bureau du maire volèrent partout. Une mouette chiait sur le balcon. On entendait les crieuses du marché aux poissons de la place Saint-François.

– Comment tu veux que je parte, couillon ? Tu l'entends, ma ville ? Tu entends ce qu'elle me dit ?

– Elle vous dit de repartir Jacques, soyez gentil, ne devenez pas mon ennemi, je vous dois tout, mais cassez-vous.

– Je vais me présenter, Pitchoun. Je ne peux pas faire autrement. Il y a cette histoire de nappe phréatique. Je n'ai pas tout compris mais Nice s'enfonce et j'ai le pressentiment qu'elle me fait du chantage. La ville me dit « Jacquou, si tu reviens pas je me noie. »

– Jacques, vous n'allez vous présenter nulle part, j'y ai veillé.

– Qu'est-ce que tu racontes ?

– Vous le savez très bien ! Je suis allé voir MON ami Nicolas Sarkozy et il a été formel, vous n'aurez JAMAIS l'investiture du RPR, enfin des gaullistes, enfin des rép... Bordel, vous m'avez compris.

– C'est moche ce que tu as fait, Pitchoun. D'abord Sarkozy va croire que toi et moi on s'aime pas. Tu veux un cigare ?

Le Niçois était adossé à la rambarde. Il allumait son Cohiba. Il mit ses grosses lunettes de soleil et tourna le dos à Lestrival. Il regardait très loin.

– Jacques, j'étais obligé d'agir, je ne peux pas vous laisser revenir ici et voler mon investiture RPR, républicaine.

– Mais je m'en fous du RPR, mon chéri, je viens reprendre ma mairie. Ce n'est pas bien, ce que tu as fait, Pitchoun, d'aller voir Sarkozy, car tu lui as donné de faux espoirs, avec tes bêtises, il va s'imaginer que j'aurais voulu être dans son Truc Républicain, il devrait s'appeler comme ça, le TR, ça lui irait bien.

– Jacques, je suis scandalisé, vous ne respectez rien.

– Quoi ?

– Jacques, vous n'êtes pas Républicain ? Vous êtes allé demander une investiture ailleurs ?

– Évidemment.

– Jacques, pardonnez-moi, mais vous êtes dégueulasse. Tout à l'heure vous cajoliez cette famille maghrébine innocente dans le hall de la mairie, en prétendant les accepter comme vos concitoyens, et voilà que par-derrière, vous allez chercher une investiture chez les ennemis du vivre ensemble.

– Pitchoun, je ne comprends rien à ta novlangue, tu parles comme Jack Lang, je n'y pige rien.

– Ah, Jacques, ne vous foutez pas de ma gueule, j'ai tout compris : vous souhaitez reprendre la mairie par l'extrême droite. Vous êtes allé caresser les nazis et les pieds-noirs biliaires dans le sens de la moustache ! Jacques, c'est dégueulasse, vous êtes allé vous vendre au Front national.

– Tu es vraiment con.

– Ah, n'allez pas me ressortir votre couplet sur le pragmatisme et sur « les israélites qui ne refusent jamais de cadeaux », vous croyez que je ne m'en souviens pas, de ce jour où vous avez médaillé le vieux Le Pen au fronton de notre mairie, et vingt ans après, vous revenez pour jeter à nouveau l'opprobre sur notre communauté politique. Jacques, j'ai mis vingt ans à réapprivoiser les youpins et les bougnoules. Vingt ans à subir leurs offices religieux et leurs commémorations, qu'est-ce qu'on a pu se faire chier, Jacques, depuis vingt ans, à réparer vos conneries, c'est bien simple j'ai l'impression de passer ma vie avec une kippa sur la tête ou à bouffer du couscous, et là, vous revenez, comme une fleur de lys, et le jour de votre retour, LE JOUR DE VOTRE RETOUR vous essayez de me piquer MA mairie en vous présentant sous étiquette Front national.

– D'abord c'est ma mairie, Pitchoun.

– Ne changez pas de sujet, vous devriez avoir honte, au nom de votre père qui a été résistant.

– Je n'avais pas remarqué que mon père avait jamais agi pour le bien.

– Oui, enfin au nom des résistants. Il a bien dû y avoir des résistants à Nice ? Eh bien, en vous jetant dans les bras de la bête immonde, Jacques…

– Mais non ! Oh, tu es con ! Je me jette dans les bras d'une autre bête immonde. Je ne vais pas au Front national, Pitchoun.

– Jacques, je ne comprends rien.

– Pitchoun, le Parti communiste français est à 1 % depuis quarante ans dans notre région. Tu ne crois pas qu'il était temps que je m'en occupe ?

– On dit Front de gauche.

– Ça, tu vois, c'était la première erreur, les électeurs se porteraient beaucoup mieux si chaque parti portait un nom qui permette de mieux le reconnaître. Nous, on va s'appeler « PCF », parce que ça a de la gueule.

– Nous ?

– Mon copain Bouchoucha et moi.

– Vous êtes allé recruter cette vieille baderne ? Il est fou d'accepter de vous suivre.

– Il n'est pas encore au courant.

– 10 –

Bien sûr, il y a le racisme qui est une plaie. Qui gangrène chaque lieu depuis Caïn et Abel où deux êtres humains ont pu se trouver une petite différence. Et oui, sans doute le soleil de la Côte d'Azur entraîne-t-il cette ville vers davantage de débordements qu'ailleurs dans ce domaine. Qui n'a pas souffert de racisme à Nice ? Les Normands par exemple, ou bien les natifs de Bretagne. Pour peu qu'ils débarquent ici avec le projet d'ouvrir une crêperie, ça se passe mal. Ils arrivent avec leurs coutumes difficiles à comprendre pour les Niçois : ne pas régler en liquide, respecter les règlements, en référer aux autorités dès que c'est nécessaire et, si possible, remplir tous les papiers que leur transmet l'administration fiscale. Oui, lorsque ce genre d'étranger débarque et fait si peu cas des coutumes locales, fatalement, il se produit des frottements douloureux avec la population. En termes de police, on appelle ça un frottis. Lorsque le voisin explique au Normand qu'il ne doit pas ouvrir son restaurant là parce que ça fait concurrence. Lorsqu'un jeune homme en costume Smalto vient voir le Breton en lui conseillant vivement de verser quelques billets pour sa propre protection et pour l'intérêt de la communauté urbaine du port. Voilà. Dans ces moments, parfois ça dérape, il y a un incendie, puis deux, puis une petite explosion. Les assureurs parisiens n'en peuvent mais. Sans recours, il faut finir par rentrer chez soi lorsqu'on ne fait aucun effort pour s'adapter à la civilisation niçoise.

Alors oui, chacun souffre. On se cherche une identité. On a entendu des mots désagréables. Mais l'un dans l'autre, ça va. Dites, hé ! C'est fini de pleurnicher. C'est dur ? Eh oui, c'est dur, mais ça n'est rien à côté de ce que supporte Zéphyrin Éloïse Nguesso. C'est un avocat. Sans emploi ou presque. Zéphyrin a exactement le même âge que Christian Lestrival. Il a été dans la même classe que lui, ils étaient en fac ensemble, en droit. Zéphyrin avait de meilleures notes. L'autre ne fichait jamais les pieds en cours, passait son temps à faire de la motocyclette et par la puissance de sa peau rose et de ses relais locaux, il s'est haussé au sommet de l'édifice municipal. Zéphyrin non. Tout d'abord car il croyait à la justice. Lorsqu'il était enfant, Zéphyrin a vu les poules du couvent mitraillées par Bob Denard. Ça donne envie d'être un héros. Oui. Pardon, ça se passait au Bénin. Il n'avait pas de parents, on l'a élevé chez les religieuses en l'affublant de patronymes très exportables. Puis, c'est comme ça, il s'est épris de justice. Il a vu ces soldats voler bas en hélicoptère pour tirer sur la volaille du couvent, par jeu. Il s'est dit que le seul moyen qui permettrait à l'enfant cloué au sol d'atteindre les criminels volants, c'était la force de la loi. Bien entendu, quarante ans plus tard, il regrette, il sait bien qu'il aurait mieux fait de se vautrer dans des études de commerce, mais c'est ainsi. Lorsque la force du bien vous saisit très tôt, c'est une vie entière qui part à la poubelle. Zéphyrin fut adopté par des personnes âgées qui se retiraient d'Afrique. Il grandit à Nice. Il essuya toutes sortes d'humiliations dans son enfance, car les Noirs n'étaient guère nombreux dans la région. Il y avait bien Yannick Noah qui s'entraînait au club de tennis de la Barmassa, mais ça ne faisait pas grand monde. Et puis aux yeux des spectateurs, il était très français lorsqu'il gagnait, et redevenait camerounais face à la défaite, enfin, il connaissait sa place. Zéphyrin acceptait tout, car, heureusement, il savait qu'il ne fallait pas demander à l'espèce humaine de se dépasser en temps de paix. Il avait des amis. Il était systématiquement le premier en cours. Il était très amoureux, depuis l'enfance, d'une jeune femme niçoise. Tout cela pour dire que jusqu'au début de son activité professionnelle, c'était supportable, le racisme. Ensuite ça s'était gâté, car il n'avait été accepté dans aucun cabinet. Pourtant, il était, et de loin, le meilleur. Il finit par se douter. Parfois on ne s'en aperçoit plus, que l'on est noir, et tout d'un coup, ça revient au visage. Il avait finalement été très reconnaissant au directeur d'un cabinet international qui lui avait avoué la chose :

– Mes collègues n'oseront pas vous le dire et je ne devrais pas m'en ouvrir à vous, mais ça me fait du chagrin de vous voir ainsi traîner d'une demande d'emploi à l'autre, malgré vos compétences. Moi, à titre personnel, vous seriez bleu que je m'en tamponnerais le coquillard, mais qu'est-ce que vous voulez, c'est ainsi. À la boulangerie, on veut bien des Noirs mais on les met derrière, aux fourneaux, car s'ils sont à la caisse, la clientèle vient moins. Et encore. Vraiment. Ils sont infiniment moins racistes dans la boulange que chez les avocats. C'est pas nous, vous comprenez, c'est les clients. Ils ne veulent pas d'un avocat noir. Même les Noirs.

– Même les Noirs ?

– Même nos clients noirs ne veulent pas d'un avocat noir.

– Mais enfin nous avons passé l'an 2000 ! L'homme va sur la Lune.

– On ne peut pas progresser sur tous les fronts en même temps.

Zéphyrin Éloïse Nguesso avait remercié son collègue pour sa franchise. Ça n'était pas agréable à entendre ni à vivre, mais face à l'adversité, il importe de se raccrocher au réel. C'est pourquoi, bien conscient qu'on ne voudrait de lui dans aucun cabinet d'envergure, il s'était mis à son compte. Il avait ouvert une officine juridique dans le Vieux-Nice, près du palais de justice, à deux doigts de la mairie. Bien que cela soit interdit, Zéphyrin faisait imprimer des annonces publicitaires afin de conjurer le sort. « Maître Zéphyrin Éloïse Nguesso, avocat-conseil, plaidoirie, paiement après résultat ». Personne n'était venu. Il fallait manger. Zéphyrin s'était mis à accepter toutes sortes de missions qui avaient de moins en moins rapport avec le droit strict. Parfois il aidait des étudiants à faire leurs devoirs. De temps en temps il faisait de la menuiserie ou de la peinture chez une vieille dame des Ponchettes. De temps à autre aussi, il rédigeait divers courriers pour de braves gens incapables d'écrire. Par mesquinerie, il ne manquait pas de noter le nombre de Blancs parmi la population illettrée. C'était une infime victoire. Son épouse était professeur des écoles. Zéphyrin se trouvait humilié, mais pas si malheureux. Il y avait davantage de Noirs à Nice depuis une dizaine d'années, ce qui lui déplaisait un peu. Après avoir subi le racisme, il lui fallait vivre une nouvelle humiliation, le non-événement noir. La couleur de peau, si l'on en croyait l'entourage, n'était plus un problème, puisqu'elle se répandait. Non seulement l'injustice se perpétuait, mais en plus on n'avait plus le droit de se plaindre.

– Tu fais détective aussi ?

– Monsieur le Maire, qu'est-ce que tu me veux ?

– Zéphyrin, je suis dans la merde, j'ai besoin de ton aide. Tu es un de mes seuls amis.

– Tu es comme Nadine Morano, tu as un ami noir ?

– Zéphyrin, on rigolera une autre fois, si tu veux bien, répondit Christian Lestrival. J'ai le Niçois qui est revenu, et il compte bien rester. C'est la merde au niveau cosmique. Il va s'inscrire chez les cocos.

– C'est ridicule.

– Je ne sais pas. Les habitants d'ici l'adorent.

– Moi aussi, je l'adore, il n'a pas été très honnête, certes, mais jamais la ville n'a rayonné comme au temps de Jacques Merenda.

– Zéphyrin, si tu es venu pour m'enfoncer encore plus profond la tête dans le seau, tu peux retourner à tes activités d'écrivain public.

– Tu sais, je ne me plains plus. Moi au moins, mes clients me paient. Mes collègues du Barreau de Nice, je veux dire ceux qui plaident, ils croulent sous le boulot, mais leur clientèle est tellement fauchée qu'on les paie avec une bouteille de champagne ou un gueuleton.

– Donc tu n'as pas besoin d'un job supplémentaire ?

– Raconte.

– Voilà. J'ai servi à boire au Niçois. J'ai ouvert une bouteille pour lui. Tu me parles de champagne, ça m'y fait penser. Moi je ne me suis pas foutu de sa gueule : un Chivas. Quinze ans d'âge. Il a siroté ça, l'air de rien. Puis en partant il a pris cette bouteille.

– La bouteille que tu tiens en main ?

– Non ! Ça, c'est celle que j'ai ouverte pour lui ! Il en a piqué une autre ! Toute cachetée. Du genre « Je t'en pique une neuve. » Tu saisis ?

– Je ne vois pas où tu veux en venir.

– Zéphyrin, ce type va tout me voler. Alors je veux que tu le suives, que tu me rapportes ses moindres faits et gestes.

– Je ne suis pas détective.

– Tant mieux. Ça n'est pas mon genre de faire appel à un privé. Et je ne demanderais pas ça à un agent municipal, c'est foutu de se savoir au bout d'un moment. Je te le demande à toi, parce que tu es un ami.

– À combien tu évalues les émoluments qu'on doit à un ami ?

– Cent euros par jour, ça te va ?

– Putain Christian, tu es le maire de Nice !

– Hé, je suis pas comme Merenda à pouvoir puiser dans du liquide comme je veux. Cette affaire ne doit laisser aucune trace.

– Je veux 300 euros par jour plus les frais.

– Les vrais détectives ne facturent pas les frais.

– Je suis un faux détective, va te faire enculer.

– J'ai juste 900 en liquide ici. Prends ça et reviens quand tu es à sec.

– Je te préviens que je ne ferai rien d'illégal. Et au moindre problème, je dirai que je travaille pour toi.

– Trouve-moi quelque chose. Trouve-moi n'importe quoi pour renvoyer Merenda en Amérique du Sud.

– 11 –

– C’est extraordinaire, en vingt ans, tu n’as pas changé.

– Peut-être me prenez-vous pour mon père, monsieur Merenda, c’est lui qui tenait le restaurant quand vous étiez maire.

– Oh pardon. Et comment il va, ton papa ?

– Il est mort.

– Et tu as des frères et sœurs ?

– Non.

– Crois-moi, c’est mieux. Sinon vous vous seriez disputés. Là, tu as le restaurant pour toi, tu peux travailler en paix. Il serait fier de te voir tenir la boutique. Tu me trouves une table, Arnaud.

– Arnaud, c’était papa, monsieur Merenda, moi je m’appelle Gilou.

– Il aurait pu t’appeler Arnaud aussi, Arnaud Junior. Dans la mesure où ton restaurant il s’appelle « Chez Arnaud », qu’est-ce que tu vas faire ? Tu vas changer le nom ? Tu vas mettre « Arnaud et fils » ?

– Monsieur Merenda, quand un bar il s'appelle « Le Balto », le patron il est pas forcé de se prénommer monsieur Balto.

– Pas faux. Je m'en fous. Merci de m'avoir gardé le chien. Il a été sage ?

– Pas du tout, il nous a mis la misère. C'est bien que vous l'ayez pas amené à la mairie, il aurait tout abîmé.

Le chien était dans une arrière-cour en plein air qui jouxtait les cuisines. À l'instar d'une boule de flipper, l'animal rebondissait d'une poubelle en acier à l'autre, dans un bruit qui aurait pu faire croire que les Tambours du Bronx répétaient un concert. Le Niçois fit un pas dans la cour et appela son chien :

– Gari !

– Vous l'avez appelé Gary comme Romain Gary ?

– Non. Il s'appelle pas Gary, il s'appelle Garibaldi, mais parfois j'ai la flemme et j'emploie le diminutif. Quoi ? Tu trouves qu'on doit pas appeler un clébard Garibaldi ? Mais moi j'aime Garibaldi pour ce qu'il a fait et chez nous et en Italie. Et de surcroît, j'aime mon chien. Si tu veux, Garibaldi d'un côté et mon chien de l'autre constituent mes deux modèles politiques : ambition et ténacité. Qu'en penses-tu, Gilou ?

– Monsieur Merenda, j'en pense surtout qu'il ne vous obéit pas.

– Parce que j'ai pas dit son nom en entier. Écoute : GARIBALDI !

Le chien avait réussi à faire tomber un résidu de salade. Il avait les feuilles vert sombre dans la gueule et les déchiquetait comme si c'étaient les boyaux d'une proie. À l'énoncé de son nom, il dressa l'oreille. Il tourna sa tête pleine de crocs vers son maître. Il y eut une seconde de silence et d'éternité. Après quoi la bête retourna à son massacre de salade.

– Il vous obéit pas du tout.

– Ça viendra. Bon. Quand il sera fatigué de sa salade, il nous rejoindra.

Ding dong ! De l'autre côté du restaurant, la porte donnant sur la rue venait de s'ouvrir. C'était Francky Bouchoucha, tout tirebouchonné dans le vieux costume qu'il portait sous sa blouse. Les autres docteurs retirent chemise et veste pendant leurs consultations. Lui non. À croire qu'il dormait en costume. Ça épousait la forme du corps, en plus large, avec des faux plis partout. Garibaldi avait adoré le nouveau bruit de la sonnette et abandonna sa salade. Il fonça comme une flèche en direction du nouvel arrivant. Sur le chemin se trouvait une colonne, un pot de fleurs et quelques chaises. Le chien ne fit rien pour éviter ces obstacles et y mit des coups de tête jusqu'à ce que ça passe. Après quoi il mordit le pantalon froissé du docteur Bouchoucha.

– C'est quoi cette merde ?

– C'est Garibaldi. Garibaldi, lâche le monsieur. Quand il chope un truc, y a plus moyen de le lui faire lâcher.

Bouchoucha envoya un immense coup de pied dans la tête du bull-terrier qui se tint immédiatement tranquille.

– Tu as vraiment le coup avec les animaux, je crois que moi, je l'observe trop. Tu vois, je regardais sa course pour te rejoindre. Ils ont cet ennui avec la proprioception, les bull-terriers. C'est-à-dire qu'ils sont à peu près conscients de disposer d'une tête et de vagues membres antérieurs, mais ils ignorent l'existence de leur cul et des pattes arrière, c'est pourquoi ils se cognent partout. Vois-tu, avec une infinie patience, j'essaie de comprendre mon chien, et crois-moi, en politique, dans ce lieu où on n'a jamais la moindre idée de ce que pense l'électeur, c'est un exercice intéressant.

– Il est très con, ton chien.

– L'intelligence n'est pas non plus si répandue parmi les votants, je te promets, on ne devrait jamais se lancer en politique si l'on n'a pas une bête près de soi, à observer. Garibaldi, lâche le monsieur.

– Non, ça va, regarde, il est câlin.

– Putain ! Oui ! Il te lèche la main. Tu vois, ça, c'est un enseignement. Moi qui le traite comme s'il était le roi de Siam, il m'écoute pas, il préfère bouffer une vieille salade que m'obéir. Tandis que toi, un étranger qui lui met un coup de pied, hop ! Immédiatement, il te lèche la main. C'est un fayot, mon chien. Oui, c'est un joli fayot, ça.

– À propos de fayots, je sais pas ce que tu lui donnes à manger.

– C'est la race. Ils pètent beaucoup. On n'y peut rien. Tiens. Je t'ai acheté du Chivas.

– Je bois pas ça. C'est un truc de capitaliste.

– Tu l'offriras à un client ou à l'inspectrice des impôts. Bon. Et puis si tu aimes notre grande cause, le communisme, je te trouverai des cigares, car tu sais, j'ai été en exil au pays des havanes.

– Je savais pas que tu étais à Cuba.

– J'étais pas à Cuba mais là où j'étais c'était mieux, sauf que, tu sais, comme on dit à Venise « on buvait tout notre rhum, on fumait toutes nos feuilles de tabac, c'est pour ça que notre production locale était si peu célèbre offshore ».

Un Noir passa la porte du restaurant. Garibaldi lui sauta à la gorge. C'était Zéphyrin. Pour une entrée discrète, c'était un échec monumental. Non seulement le restaurant était vide à part Merenda et Bouchoucha, mais en plus, Zéphyrin se trouvait sur le dos, avec le clébard de sa cible qui lui bouffait le col de chemise.

– Jacques, c'est inadmissible ! hurla Bouchoucha. Ton chien est raciste ! Si ton chien est raciste, tu dois le piquer, tout s'arrête entre nous. Pardonnez-nous, monsieur, c'est mon ami, il a un chien de merde.

Et Francky Bouchoucha remit un bon coup de pied au clébard, qui redevint adorable et se remit à lécher la main du docteur.

– Vous savez parler aux bêtes, commenta Zéphyrin.

– Asseyez-vous, on va prendre un pastis. Vous allez bouffer avec nous, comme ça, on se fera pardonner. Je vous présente Jacques Merenda, c'est un vrai con mais c'est mon ami. C'est l'ancien maire.

– J'aurais préféré manger seul, à une table à côté, car j'ai un travail à effectuer.

– Ah, vous allez pas nous vexer, intervint Jacques Merenda. Je vous dois une chemise et une veste neuves. Pardon pour Garibaldi. Il est vraiment très con. Tenez, je vous offre une bouteille de Chivas. Je l'avais donnée à ce vieux Juif, là, mais il n'a le goût de rien. Le docteur Bouchoucha, que vous voyez ici, est le seul israélite qui refuse les cadeaux. Haha ! Vous comprenez ma blague ?

– Oui, monsieur Merenda, j'étais déjà à Nice lors de votre démission.

– Voilà, ça c'est un ami, il a du tact. Il dit « démission ». Il ne dit pas « Oui, monsieur Merenda, j'étais déjà là quand vous avez dû vous enfuir une main devant et une main derrière à cause de vos malversations, et par la faute de l'internationale juive. »

– Cher monsieur, poursuivit Francky, redites-moi votre nom.

– Zéphyrin Éloïse Nguesso. Vous pouvez me dire maître, je suis avocat.

– Eh bien, cher Maître, continua le docteur, vous allez en entendre des vertes et des pas mûres avec cette vieille merde de Jacques ici présent. Vous voyez, c'est un effet du climat et de la paresse intellectuelle, mais dès qu'il a le moindre souci, il faut qu'il colle ça sur le dos des Juifs ou des Arabes. Je vous le dis par avance, car il est tellement abîmé du cerveau qu'il est tout à fait capable, un jour, d'avoir un mot au sujet des gens de couleur, peut-être même des gens de couleur noire. Alors, bien entendu, vous pouvez vous offusquer, mais sans doute vous auriez tort, car pour des raisons qui me dépassent, ce Hma'l[1] est mon meilleur ami.

– T'as de ces façons de parler de tes amis, commenta Jacques Merenda en offrant des cigares.

On apporta plein d'entrées. De la socca. Une pissaladière coupée en carreaux. Une salade aux cébettes. Et le tout fut arrosé d'un Listel gris que l'on ne sert d'ordinaire qu'aux touristes, et dont les locaux ne font usage que par pure perversion.

– Donc, demanda Zéphyrin, si j'examine superficiellement le climat délétèrement raciste qui pèse sur cette assemblée, on peut imaginer que votre chien est innocent. On pourrait croire que comme dans le livre *Chien blanc* de Romain Gary, c'est vous, avec vos préjugés, qui lui avez enseigné à mordre les contribuables à peau moins rose que les autres ?

– Je ne sais pas ce que vous avez avec Romain Gary. Je l'ai connu, cela dit. Il s'envoyait toute la Côte d'Azur. Je

1. Terme affectueux : « âne ».

ne compte plus les bonnes familles niçoises où sont nés, de son vivant, des enfants aux yeux clairs qui levaient la tête en prenant de grands airs romantiques. Mais mon chien s'appelle Garibaldi, et oui, il a des préjugés, mais non, je n'y suis pour rien.

– Voilà, se mit à hurler Bouchoucha, voilà exactement la dégueulasserie capitaliste, coloniale et raciste dans toute sa splendeur ! Cette vieille raclure est en train de t'expliquer que son chien est raciste par nature ! Eh bien non, môssieur ! Le racisme est un caractère acquis, tu m'entends, pas inné, acquis !

– Vous êtes deux idéologues, toi parce que tu es marxiste, et vous, parce que vous avez sans doute subi les préjugés niçois, et que, je le reconnais, votre peau n'est pas facile à porter par chez nous. Mais ne m'accusez pas à tort, car à vos idées politiques, j'oppose l'éthologie et les neurosciences animales, alors oui, les chiens sont racistes, car ils ignorent les métacatégories, et il nous appartient de leur apprendre à moins l'être.

– Cher monsieur Merenda, répondit Zéphyrin, n'oubliez pas que je suis avocat. Aussi suis-je moi aussi très familier de ce moment d'une conversation où l'on emploie des mots très compliqués afin de ne plus être compris de l'interlocuteur. Où voulez-vous en venir, bordel ?

– Je veux dire qu'aux yeux de mon chien, bien entendu, il existe une différence entre un Blanc et un Noir. Une différence olfactive.

– Vous voulez mon poing dans la gueule ?

– Je reprends du début si vous permettez : le chien est l'animal le moins raciste de la planète, mais il est observateur. Une race, c'est un groupe, c'est l'idée de reconnaître que certains individus possèdent des caractères secondaires en commun. Le terme de race est impropre, on devrait dire ethnie. Même chez les chiens, d'ailleurs, le terme de race est une connerie, mais voilà où je veux en venir, et tous les éducateurs canins vous le confirmeront : un chien ne sait pas que le berger allemand et le boxer font partie de la même espèce.

– Monsieur Merenda, sauf votre respect, je vais vraiment vous en mettre une, commenta Zéphyrin.

– Tu as raison, petit, ajouta Bouchoucha, moi je le tiens et toi tu le tapes.

– Quand on éduque un chien, c'est la base du truc : il faut lui montrer tous les types de chiens du monde, car sinon, il est trop con pour se rendre compte que tous ces animaux de forme si différente font partie du groupe « chien ». Alors, à chaque fois qu'il croise une nouvelle espèce de clébard, il se dit « Oh, quelle est cette créature inconnue ? Je vais la mordre par acquit de conscience. »

– Vous me comparez encore une seule fois à un chien, je vous fais bouffer votre cigare. Vous avez sans doute du mal à le voir avec l'éclairage, mais sous mon épiderme sombre, je vous promets qu'à l'heure où je vous parle, je suis tout rouge.

– Oh, si vous voulez que j'arrête, je ferme ma gueule.

– Non. Je veux savoir jusqu'où vous êtes capable d'aller.

– Rien. Il existe une différence que le chien perçoit, et comme il est con, quand il voit un truc différent, il attaque. Vous voyez, lutter contre le racisme, ça n'est pas essayer de convaincre mon chien qu'il n'y a aucune différence entre un Noir et un Blanc. Il me semble qu'éduquer cette bête, c'est l'amener à boire des coups avec des gens de toute couleur, et lui enseigner qu'ils sont après examen, aussi cons que le reste de la planète. En somme la lutte contre le racisme passe par l'alcool, et par la découverte de cette réalité que chérissait ma grand-mère : d'où qu'on vienne, on n'a qu'un trou du cul.

– Monsieur Merenda, je me demande, avec toutes vos belles idées, pourquoi on ne vous a toujours pas engagé à SOS Racisme.

– Parce qu'ils sont aux mains des Juifs ! Haha ! Non ! Je rigole ! Ne vous vexez pas ! Oh putain, si on peut plus rigoler. Bon allez. Assis, tous les trois, on a du boulot.

– Parce qu'après tout ce que vous venez de balancer, vous voulez que je fasse partie de votre truc ? demanda Zéphyrin.

– Vous avez mieux à faire ?

– Je suis avocat au barreau de Nice. Et j'avais un travail spécifique, pour aujourd'hui.

– Ça consistait en quoi, votre boulot ?

– Je n'ai pas la liberté de vous le dire.

– Hum… Ça doit être une femme… J'imagine qu'avec votre constitution généreuse, vous devez avoir beaucoup de succès par ici.

– Je vous préviens, je quitte la table. Même pour un Niçois, vous allez trop loin.

– Oh, qu'il est susceptible ! Promis. Promis, vous n'entendrez plus par ma bouche la moindre parole de ségrégation. Restez, je vous en prie, restez, car pour mon projet, pour la publicité dont j'ai besoin, c'est très utile d'avoir un Noir.

Gilou, attentif à la conversation, servit des croquants à l'anis et un amaretto.

– Cher monsieur Zéphyrin, intervint Francky Bouchoucha, moi je le porte car c'est mon ami, et pour ainsi dire, c'est ma croix, mais je comprendrais parfaitement que vous ne le supportiez plus et que vous ayez envie maintenant de prendre congé.

– Pas du tout, précisa Zéphyrin en saisissant la bouteille. Je vais sans doute vous surprendre mais le préjugé me gêne plus que la parole. Monsieur Merenda ici présent dit des conneries pas possibles toutes les deux secondes. Mais vous voyez bien : nous sommes à la même table. On boit ensemble. On s'envoie à la tête des horreurs, mais enfin, nous sommes tout de même en train de rire tous les trois, et pour ainsi dire, si vous riez avec moi, je me sens chez moi. Parfois, j'aime mieux de vrais cons comme vous, plutôt que l'espèce de politesse hypocrite qui ne dit jamais un mot plus haut que l'autre mais qui mange ailleurs. Je vais vous dire, monsieur Merenda, vous êtes tellement bizarre, et le monde est dans un tel état de déficit de fraternité, que je veux bien vous suivre. Même si je ne sais pas exactement quel est votre projet.

Ils étaient à se resservir d'alcool, de café, de croquants. Même le chien un instant parut paisible.

– Oh, c'est simple, conclut Merenda, je relance le Parti communiste.

– 12 –

– Ce qui est certain, monsieur le Maire, c'est qu'il y a une imminence, affirma l'expert en costume droit.

Lestrival le voyait en contre-jour. Une masse sombre et ennuyeuse, à ses yeux, qui cachait le soleil.

– Vous voulez dire qu'il y a quelqu'un derrière tout ça ? Qui tire les ficelles ? demanda distraitement le maire en tapotant avec un Bic quatre couleurs sur la surface de son iPad.

– Non, monsieur le Maire, une imminence, avec un « i ».

– Comme les slips ?

– Monsieur le Maire, nous vivons un péril climatique majeur. Je ne sais pas si vous percevez la gravité de la situation. L'eau monte et on ne sait pas pourquoi. L'eau monte beaucoup. Ça n'a rien à voir avec le réchauffement climatique. C'est un phénomène très localisé qui commence à Villefranche-sur-Mer et se termine à Cagnes.

– Que voulez-vous que j'y fasse ?

Lestrival cliquait sur son stylo. Il rayait sans s'en apercevoir la surface de l'iPad. Un coup avec la mine rouge, un coup avec la mine verte.

– Maguy, ça marche pas leur Apple Stylo de merde !

Maguy fit irruption dans le bureau et fit remarquer, sans s'émouvoir, à Christian Lestrival que le stylo Apple était rangé sur un autre coin du bureau et qu'il devait arrêter de tenter d'écrire sur un iPad avec un ustensile de bureau ordinaire.

Ce fut la phrase de trop. Monsieur le maire balança son iPad à travers la pièce. Un des climatologues se baissa trop tard et le prit sur le coin de l'occiput.

– Pardon, ce n'est pas le moment. Sortez. Passez par l'infirmerie. Je dois vaquer à des dossiers urgents. Sécurité intérieure locale. Cassez-vous ! Mais cassez-vous ! On verra pour l'eau une autre fois.

Maguy minimisait l'incident et tandis que les climatologues sortaient en menaçant de saisir la Cour européenne des droits de l'homme, elle tripotait la plaie de celui dont la tête avait croisé l'iPad.

– C'est rien, avec ce beau temps, qu'est-ce que vous voulez qu'il vous arrive de grave ? Je vous envoie à l'infirmerie.

Zéphyrin ne donnait aucune nouvelle. C'est ça qui rendait fou monsieur le maire. Il actionna un interrupteur sous son bureau et un pan de mur laqué coulissa silencieusement. Là, dans une pièce discrète avec grand écran branché sur BFM TV, monsieur le maire avait installé sa salle de sport secrète. On y trouvait un rameur identique à celui du héros de la série politique *House of Cards*, ainsi qu'un mannequin de frappe semblable aux ustensiles d'entraînement de Chuck Norris. Il y avait également un vélo elliptique, installé face au téléviseur.

Monsieur le maire ne prit pas la peine d'enfiler son kimono. Il retira son pantalon et arracha avec colère sa cravate. Puis, en manches de chemise et boxer short, il sauta d'une machine à l'autre. Quinze minutes de rameur, quinze minutes d'elliptique. En soufflant comme une locomotive. Il n'avait souhaité aucun miroir dans cette pièce afin de ne jamais se voir rougir. Il détestait que l'on rougisse. Il avait observé cela chez Manuel Valls, cette propension à s'empourprer des oreilles et de la nuque à la moindre émotion. C'était pour ça que Valls serait TOUJOURS en dessous de son modèle Sarkozy : Nicolas ne rougissait pas. La télévision reparlait du climat. Pour une fois qu'on causait de la ville, il fallait que ça soit en mal. Malgré le tramway et le projet enthousiasmant d'élargir la commune à toute la région, les médias nationaux persistaient à donner une mauvaise image de l'agglomération.

– Et puis ce moment, touchant, au centre de Nice aujourd'hui, on aurait aperçu Jacques Merenda, l'ancien maire, mieux connu sous le pseudonyme du « Niçois ».

Christian Lestrival lâcha les manettes mobiles de son vélo elliptique et se saisit des poignées à revêtement de laiton qui permettent de mesurer le pouls du sportif dans l'effort. Il était à 140 pulsations par minute.

– À la vue de nos journalistes, le Niçois s'est mis sur la tête une kippa juive, et s'est mis à imiter – fort imparfaitement – un accent d'Afrique du Nord. De jeunes reporters auraient pu se laisser abuser, mais BFM est là, et BFM vous informe. Jacques Merenda est bel et bien de retour.

Monsieur le maire était à 160.

– Dès qu'il a mis sa kippa pour passer inaperçu, Monsieur le maire s'est fait agresser par des jeunes gens dupés par son stratagème. Ils ont tenté de lui porter des coups en répétant un slogan politique très fort pour ne pas dire engagé. « Sionistes dehors, Israël, on t'encule, crève salope. »

– D'après nos sources sur place, Jean-Guillaume, il s'agirait de militants antiracistes qui ont récemment décidé d'élargir le boycott des produits israéliens à tous les Juifs de la planète. Comme ils le disent avec bonhomie : « Il faut tous les crever ces fils de pute de mécréants. »

– Mais Jean-Eudes, Jacques Merenda n'est pas juif !

– Oui, c'est bien ce que je vous dis, Jean-Guillaume. Ainsi, en hurlant « Je ne suis pas antisémite », monsieur Merenda s'est-il jeté sur les jeunes gens en leur collant des coups de pied. La suite est confuse. Un chien se serait jeté dans la mêlée. Puis, chose plus étrange, on aurait vu

Francky Bouchoucha, représentant du Front de gauche dans les Alpes-Maritimes, faire usage de ses poings. La bagarre a dégénéré. Il semble qu'un autre camarade de Jacques Merenda s'en soit mêlé à son tour.

Tandis que son cœur battait à 175, monsieur Lestrival découvrait sur la retransmission de la chaîne nationale cette alliance contre-nature entre Merenda et un gauchiste. Puis il suffoqua carrément au moment où son ami Zéphyrin apparut à l'écran pour prêter main-forte aux deux vieillards. Le micro de BFM put saisir un message politique que Jacques Merenda adressait à un militant du Parti Antiraciste contre la Blanchité et les Fils de pute sionistes après lui avoir cassé trois dents : « Ma kippa tu la prends, tu la plies, tu te la mets dans le cul et tu fais l'avion. » À ces mots, la jeune personne sitgmatisée ne manqua pas de dire qu'elle allait en référer à la Ligue des Droits de l'Homme et que si l'on ne pouvait plus cogner des Juifs tranquillement, ça devenait comme Gaza, cette France de merde.

Les micros se tendirent vers le trio de justiciers et leur chien. Zéphyrin fut le seul à tenir des propos à peu près cohérents. Il fallait être tous unis contre le racisme. Il fallait réapprendre à boire des verres ensemble. Et la non-violence avait ses limites. Zéphyrin profita de l'occasion pour donner au micro l'adresse de son cabinet. Avec une habileté discutable, il tint également à dire qu'il acceptait les Juifs parmi ses clients et que d'ailleurs il avait un ami juif depuis moins de vingt-quatre heures en la personne du remarquable docteur Bouchoucha. Zéphyrin tint également à préciser qu'il s'excusait par contumace auprès de monsieur le bâtonnier s'il regardait l'émission, car la robe d'avocat n'a pas à se mêler de violences urbaines, mais que, tout de même, parfois, il faut défendre les causes justes et savoir désengorger les tribunaux.

On tendit le micro au docteur Bouchoucha pour lui demander ce qu'il fichait avec cette vieille raclure de Merenda. Garibaldi le bull-terrier mangea la bonnette du micro de BFM TV et la suite de l'interview souffrit d'une sonorisation moins parfaite. On n'entendit pas bien l'intervention du docteur Bouchoucha. Le journaliste ne manqua pas de rappeler qu'en son temps, Jacques Merenda, bien qu'adversaire historique de la « racaille communiste », avait alloué de nombreux chantiers publics au frère du docteur Bouchoucha, marbrier-plâtrier.

– Ainsi dans un monde où chaque tombe du cimetière a été taillée par le frère de l'élu historique du Front de gauche, ne s'étonnera-t-on pas de cette alliance contre-nature.

– Cher monsieur ! Donne-moi ce micro de merde !

– Monsieur Merenda souhaite faire une déclaration.

– Déclaration quoi ? Jeune homme j'ai effectué six cents jours de prison avant que le pénis spaghettomorphe de monsieur votre papa ne rende ses hommages au cloaque de madame votre mère afin d'offrir au monde la catastrophe humaine et télévisuelle que vous personnifiez. J'ai payé ma dette, donc, je n'ai RIEN à déclarer.

– Monsieur Merenda, je ne parlais pas de déclaration fiscale, fit remarquer le reporter en sueur qui avait hâte de retrouver Paris et l'ennui des points presse de l'Élysée.

– Alors, je me radoucis. Je regrette que cet incident ait amené le regard public sur ma présence dans la région, avant ma déclaration officielle.

– Vous êtes revenu pour quoi, monsieur le Maire ?

– Je m'appelle comment ?

– On vous appelle « le Niçois ».

– Vous voyez, même ce minet avec sa tête d'allumette et barbe de trois jours le sait. Je suis lié à Nice comme le Christ au Golgotha. Nice, j'y ai monté, j'y fus crucifié, et je m'y suis épongé assez longuement pour ne pas, aujourd'hui, la laisser sombrer. Comme je regrette, chers Niçois, que cette nouvelle vous soit annoncée par la télévision nationale. J'avais prévu d'appeler *Le Matin de Nice*, et France 3 Régions. Bon. C'est le hasard. C'est ainsi. Je n'avais pas prévu de devoir aider à la paix civile. Et je vous apparais entouré de mon conseil municipal en exil et restreint.

– Monsieur le Maire, vous parlez vite, nos spectateurs n'ont pas tout compris.

Lestrival descendit de sa machine de sport. Il ne se sentait pas bien. Il tenta de souffler un peu. Mais ce qu'il entendait le rendait fou de colère et de panique. En trois minutes à la télévision, Merenda venait de gagner davantage de sympathie que lui en vingt ans de municipalité. Pour ne plus rien entendre, Lou Pitchoun se mit à faire des abdos. Vite. Afin que le flux de sang lui comprime les oreilles. Il pétait. Exprès. Parfois lors des abdos on pète sans intention, par la compression du système excrétoire. Hop ! On souffle, on pète. Mais là, c'était exprès, pour couvrir les voix de la télé.

– Eh bien il faut se serrer les coudes. J'ai maître Zéphyrin, ici présent, qui représente la diversité. J'ai mon ami le docteur Bouchoucha qui est là pour prouver à ces connards de Juifs que je ne suis pas antisémite. Et enfin j'ai Garibaldi. Ce n'est pas une insulte à Garibaldi. C'est juste un chien que j'aime et qui m'a soutenu en mon exil. Tout ça pour dire que j'ai enfin réussi à résoudre mon conflit avec les bolcheviques. J'ai combattu le communisme et mon père avant moi, sans jamais réussir à éradiquer complètement son influence nébuleuse et délétère. Puis la solution m'est apparue : si je souhaite me débarrasser du communisme je dois le dévorer, le mâchonner assez pour qu'il ait jusqu'au cœur du système l'empreinte de ma singulière vision de…

– De quoi ?

– De la fraternité. Alors voilà. Puisqu'il y a cette levée des eaux qu'on nous annonce, on doit tous être ensemble. Et vous n'ignorez pas que les municipales sont le mois prochain. C'est un peu précipité je vous l'accorde, mais mes amis et moi, un peu à l'image du général de Gaulle lorsqu'il partait à Londres et restait le seul Français valable parmi un océan de Daladiers, voilà, mes amis et moi, on va reprendre la mairie.

– Pour le compte du Front de gauche ?

– Je le *tchoule*, le Front de gauche. Notez respectueusement que je *tchoule* aussi le parti des Républicains.Jeune homme, si votre époque persiste à nous changer le nom des choses que l'on connaît, ne vous étonnez pas qu'on soit nostalgiques et qu'on se désinvestisse. Imaginez que vous ayez aimé une « Mathilde » et qu'à votre retour elle se nomme « Jessica ». Elle vous fera hisser les couleurs de la même façon mais le goût sera différent. Donc oui, j'incarne le renouveau des forces de gauche. Je suis le Parti communiste niçois. Et j'appelle tous ceux qui ont à cœur le renouveau niçois à se joindre à mon combat.

– Monsieur Merenda, à qui allez-vous faire croire que vous êtes communiste ?

– Excusez-moi, vous êtes sans doute un grand intellectuel, mais moi non. Je n'ai pas lu Bakounine. Mais en résumé, le communisme, c'est quoi ? C'est la camaraderie, oui ou non ? Bon. Eh bien moi, je suis un bon camarade. Votez pour moi.

– Ouah Ouah ! fit Garibaldi.

– Reste à savoir ce qu'en penseront les cadres du Front de gauche, s'interrogea avec une diction d'écolier le journaliste de BFM.

« Demain, pensait-il, demain, je serai rue de Solférino, je pourrai me reposer. »

Lestrival n'avait plus de gaz disponibles pour couvrir le bruit. Il se leva, ouvrit une fenêtre et contempla les rues de sa ville. C'était la Kata. Avec un grand « K ». La séquence serait reprise dans toutes les émissions de mes couilles. Ça passerait au « Zapping » et au « Petit Journal » et la tête de Merenda serait partout à nouveau. Zéphyrin est un traître ! Zéphyrin est un Iago ! Qu'est-il allé faire avec ces ordures ?

Monsieur le maire appela sa maman pour pleurnicher. Elle se mit à tempérer les choses et demanda au Pitchoun pourquoi il avait toujours eu cette agressivité envers Le Niçois. Monsieur le maire demanda à sa maman de ne plus nommer ainsi Merenda. Il lui fit remarquer, sur un ton glacial, que c'est dur de vivre dans un monde où même votre propre mère prend la défense de l'adversaire. Puis il raccrocha. La conseillère aux arts plastiques avait rendez-vous dans son bureau. Il la sautait souvent. Ce n'était pas du droit de cuissage. Entendons par là qu'elle n'avait pas obtenu son poste pour des motifs anatomiques. Il s'agissait d'une fille méritante, très belle de face et un peu tordue de profil, pour cause d'un nez protubérant à la Louis XVI. Elle disposait de grandes qualités dans le domaine plastique, et les galeries de la région qui exposaient souvent son travail le lui rendaient bien. Pourtant, monsieur le maire n'avait jamais réussi à s'intéresser totalement à son domaine de compétences. Elle parlait de grands mouvements créatifs très importants dont le libellé mélangeait souvent les mots de « support », « figuration », « libre », « surface », « povera ». C'était casse-bonbons au possible. Mais elle avait une passion dévorante pour la zézette de Lestrival. Monsieur le maire se disait que ça devait lui plaire de s'envoyer un type de droite. Il se mit sous la douche de sa salle de sport secrète. Il sortit sans se sécher pour l'accueillir fièrement. Il avait vu des photos d'un essayiste d'extrême droite exhibant une demi-molle au sortir de la douche. Étrangement monsieur le maire avait aimé cette image crypto-homosexuelle. Aussi voulait-il faire sourire sa maîtresse en lui apparaissant dans le bureau nu comme au premier jour que Dieu l'avait fait. Il fit coulisser la paroi de mur laqué puis sortit la bite à l'air. Un rayon de soleil faisait scintiller chaque goutte d'eau sur son corps mouillé. Malheureusement dans le bureau se trouvait Maguy.

– Maguy, bordel, pourriez frapper !

– Pardon, monsieur le Maire, vous avez besoin de votre intimité.

– Pardon Maguy, je suis désolé.

Il se couvrit les roustons à l'aide d'une demande de concession de parking des quartiers ouest.

– Maguy, pardon, je croyais que c'était mon artiste, là.

– Justement, monsieur, elle est là, je venais juste vous l'annoncer. Donc, en quelque sorte, je lui dis que vous êtes prêt ?

– Voilà.

– 13 –

La grande brune entra en riant. Maguy disparut. Monsieur le maire ferma la porte à clé. Il tenta de se justifier. Soudain il se trouvait con avec sa bite et ses gouttes. Mademoiselle la plasticienne le suça longuement.

– Mais même quand tu me suces tu as l'air de te foutre de ma gueule, Claudette.

– C'est pas ma faute si c'est rigolo.

Monsieur le maire tapotait sur son portable, le souffle court mais les doigts agiles.

– Tu es obligé d'envoyer des SMS pendant que je te lèche les couilles ?

– Pardon, ma Fondation Cartier, c'est important.

– Ça va durer longtemps ?

Si elle n'avait pas eu le visage occupé aux étages inférieurs, Claudette aurait pu lire sur le téléphone de monsieur le maire l'échange de textos suivant :

– Zéphyrin, enculé, traître, Iago.

– Tu me dis Iago à cause de mon épiderme, c'est du racisme caractérisé.

– Ne détourne pas le sujet, qu'est-ce que tu fous ?

– C'est un concours de circonstances.

– Où sont-ils ? Tu n'es plus avec eux ?

– Je suis avec eux.

– Fils de pute, ne me dis pas qu'ils t'ont retourné comme une crêpe et que tu es passé dans leur camp.

– Monsieur le Maire, je n'ai pas la liberté de parler maintenant. Je suis dans un véhicule.

– Quelle voiture ? Où ? Où allez-vous ? Que fais-tu bordel ?

– Monsieur le Maire, je ne crois pas pouvoir continuer à travailler pour vous. Il y a, pour ainsi dire, conflit d'intérêts. Aussi aurais-je plaisir à vous rendre les sommes avancées dès que nous nous verrons.

Christian Lestrival attrapa Claudette et l'allongea sur son bureau. L'iPad tomba au sol et se brisa pour de bon. On s'en foutait. Il n'aimait pas trop la socratiser car ainsi que de nombreuses plasticiennes elle affichait une certaine désinvolture au rayon de la toilette intime couplée aux difficultés de transit que l'anxiété cause aux grands créateurs. Mais c'était, d'une certaine façon, donnant-donnant. On se trompe, au sujet de la sodomie, en en faisant une obsession soi-disant masculine. Il s'agit d'un rite que l'on impose souvent au partenaire masculin, à coups de phrases embarrassantes – « Mon chéri, mets-la-moi dans les fesses. » Cela laisse un souvenir de publicité pour des chocolats à la cerise. « Mon chéri » enculait donc Claudette qui riait encore plus fort qu'avant. Celle-là se marrait tout le temps. Au moins, tant qu'elle lui tournait le dos, monsieur le maire pouvait continuer d'expédier des SMS. Mais c'était peine perdue. Zéphyrin était passé à l'ennemi. Il ne répondait plus.

– Je t'aime, Claudette. Je t'aime.

– Oui, défonce-moi. Crache ton encre, mon poulpe.

– Une autre fois. Je dois prendre une douche.

– Oui, allons sous la douche et fais-moi pipi dessus avec ta chipolata.

– Claudette, je n'ai rien contre l'art moderne mais l'analogie entre une saucisse et les attributs légués par mes aïeux, plus jamais, s'il vous plaît.

– Non, ne te retire pas, nooon. Chéri, c'est le *Titanic* qui ressort de l'iceberg, ça n'a aucun sens. Et tu m'as dit « Je t'aime ».

– « Je t'aime », c'était manière de m'excuser au sujet de la douche que je dois prendre.

– Seul ?

– Oui, seul, Claudette. Il y a urgence.

– Salaud.

– 14 –

Le PC sécurité de Nice était sous pression. Depuis la déclaration de l'état d'urgence, chaque citoyen vaguement basané faisait l'objet d'une surveillance étroite. Il y avait davantage d'Arabes que de caméras dans l'agglomération, ce qui rendait le travail très difficile. Bien entendu, un minimum d'intelligence aurait permis aux forces de police de ne pas traiter tous les musulmans comme des ennemis, car leur attitude paranoïaque ne faisait que renforcer le camp des islamistes :

– Tu as vu, cousin, pour ces fils de sous chien de croisés, tu seras jamais rien qu'un musulman, ils te considéreront jamais comme un Français. Tu as beau vouloir faire toutes les concessions à leur société de merde, ils voudront toujours te niquer. C'est des islamophobes, tu m'entends ?

– Cher monsieur, je ne suis pas votre cousin. Je suis originaire d'une famille maghrébine, certes, mais pardon. Je regrette de vous choquer en affirmant cela, mais je ne me considère pas comme musulman. Car la religion m'emmerde. Le christianisme et le judaïsme aussi d'ailleurs. Je vis juste bien, ici, à Nice, en citoyen français au courant de ses droits. Et non, je n'ai pas assez d'attachement à la part religieuse de mon identité pour comprendre ce que vous entendez lorsque vous me traitez de « votre frère ». À moins que par ce vocable vous ayez souhaité dire « frère humain ».

– Tu es un mécréant. Tu es un mauvais musulman.

– Pardonnez-moi, non. Je refuse de me considérer comme automatiquement musulman au prétexte que je suis arabe. La religion relève de la libre détermination de chacun, et pas de l'atavisme. En revanche je suis un ennemi farouche du racisme. On me trouvera vent debout devant toute forme de discrimination. Mais votre connerie, là, « l'islamophobie », c'est une invention pour interdire que l'on critique les religions. Je ne sais pas ce que c'est, l'islamophobie. Par contre, je sais ce que c'est que le racisme. Je le subis tous les jours, puisque je vis à Nice qui est le réceptacle de tous les retraités aigris et de tous les anciens OAS. Et je subis aussi, si vous me le permettez, les connards dans votre genre qui se permettent de venir m'englober dans une croisade dont je n'ai rien à faire. Laisse-moi vivre. Vous faites peut-être illusion auprès des vendus de Médiapart, mais moi je viens d'Algérie. Ma famille a connu les barbus et le GIA. Au début on rigolait et après on s'est retrouvés avec 300 000 morts. Alors non. Je ne suis pas votre frère. Et si vous voulez faire des guerres de religion, allez les faire ailleurs qu'ici.

– Mécréant, je vais te casser la gueule.
– Cher monsieur, permettez que je commence.

*

* *

– Vous voyez, monsieur le Maire, grâce à notre multiplicité d'écrans, nous pouvons observer sous divers angles cette altercation qui a lieu au moment même dans le quartier des Moulins entre deux individus de type maghrébin.

– Je m'en fous de vos conneries. Trouvez-moi Merenda.

– Je vous demande pardon ?

– Je vous paie pour quoi ? Il y a je ne sais pas combien de milliers de caméras dans cette putain de ville, trouvez-moi Jacques Merenda. Je veux qu'on le piste chaque seconde. S'il va pisser, je veux savoir s'il a bouffé des asperges. Allez ! Alleeeeeez !

– Tout de suite ?

– Non. Demain ! Bien sûr, tout de suite, tu vas bosser ou je te mute à l'Ariane ?

– Monsieur le Maire, pitié, non, pas l'Ariane. Quelles sont les informations dont vous disposez ?

– Je sais juste qu'il est dans une voiture.

– Je n'ose pas vous dire qu'il y en a un certain nombre dans notre agglomération, car, par la place que vous occupez au niveau hiérarchique, j'imagine que vous connaissez déjà cette information. Que savez-vous de plus sur ce véhicule ?

– Je ne crois pas que Zéphyrin ait une voiture. Enfin si. Il a une bagnole mais c'est sa femme qui la prend quand elle va donner ses cours. Alors ce doit être Bouchoucha.

– Pardon ?

– Docteur Francky Bouchoucha, rue de la Préfecture. Il a quoi comme bagnole ?

– Une Supercinq Blue Jeans de 1989.

– Ça roule encore, ça ?

– Faut croire.

– Et on est équipés pour la localiser ?

– Donnez-moi plus d'infos.

Monsieur le maire écrivit de nouveau à Zéphyrin :

– Dis-moi juste où vous êtes.

– Je ne peux plus. Ça serait trahir mes nouveaux amis. Je suis sur la voie rapide. Je ne peux en dire plus.

– Vous allez où ?

– C'est un secret.

– Vous allez faire quoi ?

– Reconquérir le vote juif.

Lestrival fit trois fois le tour du bureau couvert de téléviseurs. Cette salle de contrôle était formidable. Aucune ville de France ne disposait d'un tel outil d'ingérence dans la vie privée des citoyens. On avait accès à toutes les images des rues, des autoroutes, des parkings souterrains et même aux caméras de surveillance de nombreuses administrations. Certains codes permettaient également de pénétrer dans les systèmes de surveillance des particuliers, mais des notes internes demandaient de ne pas faire de publicité sur le sujet. La municipalité disposait aussi de dispositifs permettant la collecte des données informatiques et téléphoniques, toutefois Lestrival ne maîtrisait pas bien ces nouvelles formes d'espionnage et n'y avait recours qu'en de grandes circonstances. Pour l'instant, les caméras suffiraient.

– C'est cette voiture-là, monsieur le Maire.

La caméra qui surplombait la sortie du tunnel de la voie rapide prit une série de clichés d'un véhicule hors d'âge qui, il y a bien longtemps, avait dû être rouge et que le soleil azuréen avait rendu citronné.

– Où ils vont ces cons-là ?

– C'est curieux, monsieur le Maire, on dirait qu'ils se rendent à l'hôpital Saint-Roch.

– 15 –

C'était l'heure du goûter. Merenda était comme un gosse. De retour dans sa ville il se laissait distraire par les bouffées de bons souvenirs. La ville lui apparaissait pratiquement telle qu'il l'avait laissée, à l'exception des grognements du chien Garibaldi et de la fuite apeurée des passants sur le passage du molosse. Il voulait un pain au chocolat. Comment ça s'appelait ces pâtisseries avec du gras de la brioche et des éclats de chocolat ? De la caramélite ?

– On va prendre à Sfar une caramélite d'Auschwitz ! Hahaha !

– Jacques, ça s'appelle pas caramélite, ça s'appelle chocolatine.

– Ah. Du coup ma blague va pas le faire rire.

– Jacques, je te répète que là où il se trouve, très peu de choses le font rire aujourd'hui, et je ne suis pas certain que cette visite soit une bonne idée.

– C'est à cause de lui, tout ça, il faut bien que je lui mette mon poing dans la gueule.

– Jacques, tempéra Bouchoucha, je ne crois pas que tu te rends bien compte de l'état de santé où tu vas trouver André Sfar.

Zéphyrin faisait attention à sa ligne. Il ne prit rien pour sa consommation personnelle. Mais à coups de « avec ceci ? » prononcés par la boulangère, il se munit de chouquettes, de jus de fruits Pago, et d'une fougasse aux lardons.

– C'est un Juif qui mange du porc ?

– Non, ce n'est pas ce genre de Juif, répondit Bouchoucha.

– Alors, mademoiselle, reprenez la fougasse. Pardonnez-moi. Nous allons voir un confrère. Je veux dire un avocat au barreau de Nice. Mais il avait cessé de plaider avant que je prenne mes fonctions. Aussi ne suis-je pas très au fait, ni de sa pratique religieuse ni de ses restrictions alimentaires.

– Mademoiselle, ne reprenez rien, on la garde, votre fougasse, précisa Bouchoucha. Moi je vais la manger. Moi je suis ce genre de Juif.

Zéphyrin ne mangeait rien, les autres avaient la bouche pleine. Tous trois marchaient sous les palmiers, sur le chemin de l'hôpital.

L'hôpital Saint-Roch était une immense bâtisse dont la façade avait été repeinte en jaune d'or, pour la galerie, pour les passants, mais à l'intérieur, plus un mur n'était intact.

De l'extérieur c'était la splendeur niçoise et lorsqu'on rentrait, on aurait dit le quartier français de La Nouvelle-Orléans après le passage d'un cyclone. La cour intérieure bénéficiait de plusieurs balcons à rambarde métallique, de carrelage et d'arbres. Le soleil entrait. Merenda avait le nez au vent. Pas grand monde ne le reconnaissait. Les nouveaux docteurs niçois venaient d'ailleurs. Le chien se jeta sur un ambulancier, car le lit sur roulettes qu'il trimballait était fourré de viande froide.

– Attention ! Attention ! Cachez tout ! Mon chien est capable de vouloir un nonosse.

Le gars qui poussait le lit roulant piqua un sprint, le chien à ses trousses.

Du fond de son PC de sécurité, Christian Lestrival pouvait voir toute la scène.

– Filmez ! Filmez ! Je vois au moins dix infractions. Le chien, la morsure possible, le trouble à l'ordre public. Envoyez du monde.

– Du monde de quoi, monsieur le Maire ?

– Pour verbaliser ! Pour l'arrêter ! Il va mettre le dawa dans un hôpital ! L'électeur cacochyme sera sensible à cet argument. On vient à Nice pour le calme. Pour ne pas avoir de réfugiés au bord de sa piscine, puis pour agoniser sans qu'un clébard vienne vous mordiller le cathéter. Nice aime les chiens, Nice aime les vieux, mais chacun à sa place. Envoyez la BAC. Verbalisez. Je veux voir Merenda menottes aux poignets !

– Monsieur le Maire, c'est ridicule.
– Je suis magistrat ou merde ?
– Monsieur le Maire, vous êtes ce que vous êtes.
– À ce titre, j'ai le droit de verbaliser. Oui ou merde ?
– Monsieur le Maire, c'est vous qui savez.
– Vous servez à rien, donnez-moi les clés de votre moto.
– Monsieur le Maire, je ne suis pas motard.
– Si vous continuez à me contredire, vous allez vite le redevenir.

Ça s'était mal passé dans le hall. Le chien avait réussi à attraper une extrémité du macchabée et le tout s'était cassé la binette. Entendez le lit roulant, le cadavre et le brancardier. Tout ça façon compression de César ou colère d'Arman, sorte de 1 % culturel en mouvement dans la cour de Saint-Roch. Des agents de sécurité s'approchaient. Ils parlaient à peine le français, aussi Jacques Merenda ne tenta-t-il pas trop de discuter. Il sortit une liasse de billets. L'incident prit fin. On lui demanda, à l'aide de gestes plus que par la parole, de tenir son chien. Il fit de son mieux. Garibaldi ne semblait pas faire la différence entre un service de gériatrie et les réserves d'un charcutier tripier. Toutes les odeurs, en ce lieu de viande mourante, excitaient son imaginant. Le petit requin sur pattes était très reconnaissant à son maître de l'emmener dans cette sorte de Galeries Lafayette pour carnivores. Il ne comprenait pas qu'on lui interdise de suivre son instinct de nettoyeur. « Certains malades seraient mieux, songeait Garibaldi, en morceaux dans mon ventre, plutôt qu'ici dans leurs draps humides. »

*

* *

Lestrival avait pris une moto municipale. Une très grosse cylindrée. On avait les flics les mieux équipés du monde, Nice, c'était Miami. Il avait pris un talkie-walkie et un tonfa. S'il fallait faire la justice tout seul, on allait faire comme ça.

– Allô, PC sécurité... PC Sécurité... Charlie Loana Charlie Loana.

– Ça veut dire quoi, monsieur le Maire ?

– Ce sont des abréviations, c'est un code. Charlie pour C, Loana pour L, ça veut dire Christian Lestrival, vous êtes con ou quoi ?

– Monsieur le Maire, je vous avais reconnu.

– *Bonk !*

– Monsieur le Maire, j'ai entendu un *bing* ?

– Pas *Bing*. *Bonk !* Je me suis emplâtré la moto dans la rampe de sortie du parking. Parce que c'est étroit. Et parce que vous me faites chier. Putain je vais vraiment vous coller à la circulation à l'Ariane.

– Monsieur le Maire, si un champion moto comme vous se viande dans la montée du parking, c'est qu'il y a du stress, de la nervosité comme qui dirait. Alors si vous y tenez vraiment qu'on envoie une patrouille à

Saint-Roch pour constater les agissements du ci-devant Merenda Jacques, on va le faire. Mais là, il vaut mieux que vous réintégriez le PC de sécurité.

– Vous me faites chier, je vais prendre un Segway.

– Monsieur le Maire, si on vous prend en photo là-dessus, à un mois des municipales, songez aux conséquences.

– Merde ! Y a urgence.

Monté sur un gyropode Segway, Christian Lestrival déboula dans les rues du Vieux-Nice. On ne peut pas faire de frein à main ni de roue arrière sur un Segway, mais il suffit d'avoir l'attitude. Un jour Christian Lestrival avait picolé avec Joey Starr et Lord Kossity qui lui avaient expliqué comment porter un blouson. C'était pas tout d'avoir un cuir, il fallait savoir baisser le bassin et laisser libre cours au branle-bas des bras pour que le chaloupage occasionne un intérêt à la gent féminine et cause chez les hommes respect et crainte. Les rappeurs écrivaient respect avec un « k » entre le « e » et le « t ». Sans doute qu'en certaines circonstances, il fallait bien ça.

– Vé, c'est le Pitchoun ! Vé, c'est le Pitchoun !

– Qu'est-ce qu'y fout sur un Segway, ce grand couillon ? Avec toutes les voitures électriques et les tramways qu'il a installés partout ?

– Je sais pas, mais il a pas l'air de bonne humeur.

– 16 –

– Maître Sfar, je suis désolé.

Francky Bouchoucha était entré seul dans la chambre d'hôpital, pour prévenir son vieil ami de la tempête qui arrivait. André Sfar le reconnut et lui fit un signe de la main qui semblait lui demander beaucoup d'efforts.

C'était un homme de quatre-vingts ans. Il restait mince. Il avait gardé toutes ses dents et la même chevelure que lorsqu'il avait trente ans, sauf que ça avait blanchi. Depuis quinze années l'avocat se battait contre la maladie de Parkinson. Quinze jours plus tôt, il était encore à son club de bridge. Il ne tenait plus les cartes aussi bien qu'avant, il tremblait, mais il gagnait. Ce type avait été champion de tout. Chez lui, on trouvait des coupes relatives au bridge, au ski nautique, des prix de piano… Sa défunte mère, femme méritante, avait conservé dans un cahier qu'il gardait près de lui tous les articles de presse qui racontaient son parcours de vie. D'abord petit avocat. Puis, à force de sauver ses clients de la guillotine, on l'avait remarqué. Il était entré en politique et avait combattu Merenda durant de longues années. Ils étaient devenus amis, finalement, et s'étaient retrouvés au conseil municipal, au sein de la même majorité. Par son goût du sport, par son extraction modeste, Sfar avait beaucoup de points communs avec Lestrival. Une différence immense, cependant : il avait toujours considéré Merenda comme un ami, pas comme un père.

– Te voilà beau, lui murmura Bouchoucha qui ne savait pas quoi dire d'autre.

André Sfar leva un index vers le ciel et fit un gentil sourire. C'était une façon de dire qu'il se considérait, là où il se trouvait, entre les mains de Dieu.

Bouchoucha répondit comme il savait, en levant vers le ciel une main dont seul dépassait le majeur. C'est ainsi qu'entre Juifs d'Algérie on parlait théologie. L'un qui croyait en Dieu et l'autre qui ne lui pardonnait rien, preuve sans doute qu'il croyait aussi. Sfar déglutit péniblement. Son ami l'aida à se redresser dans son lit d'hôpital. Puis le vieil avocat se mit à raconter que c'était venu comme ça. Une angine. Et à cause de Parkinson toute la charpente musculaire s'écroule, cela signifie qu'on ne parvient parfois même plus à tousser. Il éprouvait un mal fou à parler. Parfois c'était juste un souffle et par moments sa mâchoire bougeait sans qu'aucun son ne sorte.

– C'est drôle, non, murmura Sfar, pour un avocat, de partir sans plus pouvoir articuler.

– Je ne trouve pas cela extrêmement drôle, répondit Francky. Tu veux une chocolatine ?

– Pas vraiment. Merci.

On entendit une cavalcade dans le couloir, suivie de grognements de bête. Puis la voix de Zéphyrin qui présentait des excuses pour des déprédations dont venait vraisemblablement de se rendre coupable le chien Garibaldi.

*

* *

Depuis son Segway, Monsieur Lestrival envoya un texto à Zéphyrin :

– Retiens-les, j'arrive ! Cette connerie doit s'arrêter ! La place de Jacques Merenda est soit aux Caraïbes, soit en prison, soit dans la tombe, mais plus dans ma ville.

*

* *

Merenda entra dans la chambre d'hôpital précédé de son chien. Il accusa le coup face au spectacle de son ancien adjoint au domaine communal, prostré sur un lit médicalisé, des tuyaux dans les veines et les narines.

– Voilà, lui dit tristement Bouchoucha. Voilà ton vote juif. Voilà l'ennemi imaginaire que depuis ton exil tu accables de mille imprécations.

– Ah ! vous n'allez pas vous liguer contre moi tout de même ! Je fais l'effort de venir ici, dans ce lieu de mort. Et vous me jouez l'alliance israélite contre l'honnête citoyen qui vous fait face armé de ses seules idées. Putain vous êtes décevants, les gars, Le Pen avait raison, vous nagez dans la supranationalité.

Sfar fit un petit geste de la main. Pour que Merenda s'approche.

– Il ne parle pas fort, Jacques.

– Oui, ça va, j'ai compris.

Merenda n'aimait pas beaucoup la maladie, les malades, encore moins la mort. Il avait survécu à tout. S'approcher d'un ennemi agonisant lui coûtait beaucoup. Lorsque son oreille fut à quelques centimètres du visage d'André Sfar, ce dernier lui murmura simplement « Bonjour, Jacques. »

– André, précisa Bouchoucha, je crois que vous avez des choses à vous dire.

– Il faut faire vite, précisa Zéphyrin. Des gens arrivent.

– De quoi tu parles ? demanda Bouchoucha.

– Je n'ai pas la liberté d'en dire davantage mais il faut décaniller.

– Après, ordonna Francky. C'est important.

– C'est important, quoi ?

– Qu'ils s'expliquent.

– Je suis ravi de vous voir Sfar. Je suis désolé de vous trouver dans cet état. Mais je souhaitais vous dire vos quatre vérités. Alors, pour ainsi dire, c'est une grande chance que je vous trouve encore vivant. Car voilà trente ans que j'ai besoin de vous casser la figure. J'ai écrit un ouvrage à votre intention. Je suis certain que vous ne l'avez jamais lu. Ou bien en tout cas vous ne m'en avez jamais parlé.

– Monsieur le Maire…

– Quoi ?

– Monsieur le Maire, nous ne nous sommes jamais parlé depuis votre fuite.

– Je n'ai pas fui. Je suis parti. Parce que je ne souhaitais pas que les Niçois me vissent menottes aux poignets. Et c'est de votre faute Sfar. C'est entièrement de votre faute. Même dans l'état où vous êtes, je ne sais pas ce qui me retient.

– Monsieur le Maire, si vous souhaitez qu'on en vienne aux mains, j'y suis favorable. Mon état m'interdit de vous frapper bien fort, mais si ces messieurs ici présents veulent bien m'aider à me tenir debout, c'est une façon de mourir qui me conviendra davantage que les réjouissances qu'on me promet ici. Allez, mettez-moi sur mes pieds. Ma main tremblera, mais ça ne sera pas la trouille. Je veux bien tenter de vous casser la figure moi aussi, Jacques, et vous noterez que si je n'y parviens pas, c'est pour raisons médicales, je tiens à votre disposition un certificat.

– C'est marrant comme la parole vous revient quand vous êtes en colère.

– Je ne suis pas en colère, Jacques, je suis triste. De vous.

– De moi ? Parce que je ne t'ai pas accueilli à bras ouverts ? Tu ne l'as pas lu, mon livre, espèce de grand con ! Il est publié aux Éditions Michel Lafon. Ça s'intitule *Et moi, je vous dis... ma vérité.* Pour pas dire « Et moi, je vous dis merde. »

– J'avais compris, monsieur le Maire.

– Eh bien dans ce livre, je dis au monde ce que je pense de toi.

– Je l'ai lu, monsieur le Maire, et cela m'a beaucoup blessé.

– Blessé pour quoi ? Je vous ai combattus pendant trente ans, toi et ton Pasqualini. Je t'ai battu systématiquement, dans chaque circonscription où tu t'es présenté. Et finalement, par humanité, par mansuétude, même, je te fais une place au sein du conseil municipal, pas n'importe quel poste. Je te mets adjoint au domaine communal. Eh bien, comme on dit : « Fais du bien à Jean, il te le rend en caguant. » Dès que tu as eu ton poste, tu as démissionné. Et tu as lancé sur moi toute ta juiverie. Et c'est LÀ que mes ennuis ont commencé. Et derrière chaque article venimeux, derrière chaque procédure, j'ai senti la main invisible de ta clique.

– Voilà, se désola Francky Bouchoucha, voilà, cher André, la maladie mentale que nous sommes venus soigner dans ta chambre. Pardon de troubler ton repos, mais moi je ne le supporte plus. Alors soit tu l'aides à régler la question juive soit moi, promis, je démissionne du Parti communiste version Merenda.

– Monsieur le Maire, Bouchoucha vote à gauche. Moi je vote à droite. Vous allez pas encore nous emmerder avec le vote juif.

– Tu m'as trahi ! Tu as lâché sur moi tes réseaux d'influences.

– Qui a trahi qui, monsieur le Maire ?

– Je descends de la famille Médicis, tu crois qu'on trahit, chez les nobles ?

– Monsieur le Maire, vous m'avez un jour appelé dans votre bureau en me disant qu'il y avait un danger. Vous m'avez dit que la montée du Front national menaçait notre ville et que les opposants d'hier devaient se serrer les coudes. Alors je vous ai rejoint. Loyalement. Et je crois avoir servi de mon mieux votre municipalité. Le seul reproche qu'on ait pu me faire a consisté à refuser de signer les fausses factures qu'on me mettait sous le nez.

– Encore des calomnies ?

– Non. D'ailleurs, ce fut un joli incident. Mon chef de service m'apportait chaque semaine des centaines de papiers à signer. Il croyait que je ne lisais pas. Mais enfin, un avocat, ça regarde tout. Et j'ai fini par lui faire la pile de tous les papiers que je souhaitais ne jamais signer. Lorsque des employés municipaux faisaient gratuitement des travaux dans la villa d'un élu. Quand on prêtait des voitures. Quand des attributions de bâtiment me semblaient pour le moins arbitraires. Le lendemain, mon chef de cabinet est revenu et m'a dit…

– J'imagine qu'il a dû te dire qu'il n'y avait pas d'irrégularités et que tu avais fait des erreurs.

– Non ! Il a eu une formule très drôle. Il a dit : « Maître Sfar, tout est arrangé, vous n'aurez plus à signer ce type de papiers. »

– Bon, tu vas me casser les couilles avec ta rectitude ?

– Non, je dis juste que ce fut mon seul manquement au système Merenda. Pour le reste, j'ai été loyal. Simplement, un jour, vous avez accepté de faire voix communes avec le Front national au conseil municipal. Vous avez dit « Je partage 99 % des idées de Jean-Marie Le Pen. » C'est bête, monsieur le Maire, car moi je vous avais cru lorsque vous aviez affirmé que vous m'engagiez pour le combattre.

– Mais personne n'a jamais combattu Le Pen aussi efficacement que moi. Le Front national n'a jamais eu un score aussi bas que lorsque j'étais aux affaires.

– Monsieur le Maire, vous avez reçu Jean-Marie Le Pen à la mairie, vous l'avez fait monter au balcon comme si c'était le pape et vous lui avez donné la médaille de la ville de Nice. Puis vous l'avez laissé accueillir dans votre palais Acropolis rien de moins qu'un ancien officier SS, Franz Shönhuber, qui s'est fait acclamer debout par une salle comble. Vous avez assisté, parfois, monsieur le Maire, aux réunions du Front national de cette époque-là ? Vous ignoriez que lors de ses discours Jean-Marie Le Pen expliquait qu'on élevait les hommes comme on prend soin d'un haras et qu'il faut favoriser les éléments les plus vigoureux contre les plus faibles ?

– Oh, tu m'emmerdes, André, y a prescription.

– Monsieur le Maire, comment vouliez-vous que je ne démissionne pas ? Avez-vous constaté qu'en démissionnant j'ai mis fin à ma carrière politique et que je n'ai plus jamais sollicité aucun mandat ? Monsieur le Maire, pour moi aussi, ce départ fut un deuil et une fin de carrière. Et que dire de l'épitaphe que vous m'avez adressée, comme une gifle, face à la France entière : « Ce n'est pas moi qui les ai virés, ce sont les Juifs qui sont partis. Je ne connais pas un israélite qui refuse un cadeau etc. », je cite de mémoire.

– Parce que tu vas encore me traiter d'antisémite ?

– Monsieur le Maire, je ne vous ai jamais traité d'antisémite. Je crois juste que vous vous fichez de tout, des promesses et des idées, et que seule vous importe votre ville.

– Et alors, c'est beau ! C'était pas la peine de lâcher sur moi la juiverie internationale pour ça ! Ça vous fait si mal que ça, qu'un homme aime sa terre ?

– Jacques, je te jure, c'est moi qui vais t'en mettre une ce coup-ci, intervint Bouchoucha. Parce que tu crois VRAIMENT que c'est les Juifs, ou les bolcheviques ou je sais pas quoi, qui t'ont mis par terre ?

– Qui d'autre si c'est pas eux ?

– Mais Jacques, c'est la droite qui t'a lâché. Tu es aveugle ou quoi ? Tu te souviens de rien ?

– Quelle droite ? C'était la droite quand Mitterrand m'a donné un rendez-vous secret pour me pousser à démissionner en échange de l'abandon des poursuites fiscales ?

– Parce que Mitterrand est juif, maintenant ?

– Je ne sais pas, ça ne me regarde pas. N'empêche que vous n'y êtes pas pour rien.

Bouchoucha mit une gifle à Jacques. Jacques répondit. Le chien commença de mordre et maître Sfar, depuis son lit d'hôpital, se mit à rire. En vingt ans, rien n'avait changé. Il parvint à parler un peu plus fort que d'habitude, pour interrompre l'altercation. Et Jacques Merenda l'entendit dire :

– Jacques, je suis très heureux de vous voir.

– Eh ben ! Tu pouvais pas le dire plus tôt ?

Alors ils partagèrent une accolade. Et Bouchoucha poursuivit son explication.

– Jacques, ne fais pas semblant d'être un con. Tu te souviens très bien qui a créé le Front national.

– C'est Jean-Marie Le Pen.

– Non. Ne te fous pas de moi, tu sais très bien que le Front national a été créé par François Mitterrand lorsqu'il a instillé une part de proportionnelle dans nos législatives. C'est seulement à ce moment-là que le parti a éclos et qu'ils se sont mis à avoir des députés et à prendre de la place. Mitterrand a fait ça pour empoisonner la droite, pour l'affaiblir. Et ça a marché. Et trente ans après, la droite française ne s'est toujours pas relevée de cette manœuvre dégueulasse.

– Parce que tu es contre la proportionnelle, toi, maintenant ?

– Je suis observateur. Et toi aussi quand tu veux bien cesser d'être con. Donc oui. Dès l'émergence du Front national, la droite française n'a eu qu'un seul moyen de survivre : refuser à toute force et avec tous les moyens possibles TOUTE alliance avec le Front national. Pas pour des raisons idéologiques, quand tu vois tous les ex-néonazis qui militent aux Républicains, c'est pas ça le souci. Le souci, c'est que s'ils avaient couché avec ce diable-là, ils ne s'en seraient pas relevé. Ils le savaient. Alors toi, oui, quand tu as fraternisé avec Le Pen, tu les as mis en danger de mort. C'est ça, Jacques, qui t'est arrivé. Ton propre camp ne t'a plus soutenu. Et la main occulte que tu as senti te plonger la tête au fond des chiottes, ce n'était pas la main crochue d'un Juif, c'était simplement ta vieille droite de merde qui ne voulait plus de toi.

– *Porca misere*, fit Jacques, tu as raison ! Du coup. Ça veut dire qu'instinctivement j'ai bien fait de devenir communiste ?

– Ça signifie surtout, murmura André Sfar, que si vous m'aviez écouté et si vous n'aviez jamais laissé le gros cul de Jean-Marie Le Pen pénétrer dans notre mairie, vous seriez encore en place.

– Bordel, fit Merenda, c'est une excellente nouvelle.

– Ah ?

– Oui, ça signifie que si ça se trouve, la puissance juive n'existe pas.

– Oui, Jacques, fit Sfar. Si ça se trouve. Mais vous voulez pas changer un peu de sujet ?

– Oui. Bien sûr. Promis. Ah ! Quelle joie ! Nous vivons je crois la fin de mon obsession juive. Vous savez, un raciste, il souhaite juste ne jamais voir de Noirs ni d'Arabes ni de Jaunes. Mais un anti-Juif, c'est plus emmerdant, car il a BESOIN de voir des Juifs partout. Haha ! Je me souviens même de cette époque où des gens racontaient que la Seconde Guerre mondiale était la cause des Juifs.

– Cette époque, c'est aujourd'hui à la fac de droit de Nice ? fit remarquer Sfar.

– Haha ! Vous n'avez rien perdu de votre repartie. Allez. Je vous sors d'ici.

– Monsieur le Maire, je vais crever. Je suis ravi que vous vous soyez réconcilié avec votre ennemi imaginaire, mais il me semble que vous ne pouvez plus grand-chose pour moi.

– Sfar, je sais qu'aux yeux de beaucoup de Niçois je suis un saint. Mais vous avez raison. Cette réalité est un petit peu exagérée et je me sens incapable, même par imposition des mains, de vous soigner. Mais avouez que notre discussion vous a un peu réveillé. Alors mon ami, on ne peut pas revenir en arrière, sur la façon dont on aurait pu, vous comme moi, être moins cons. Et peut-être que vous avez raison. Peut-être que vous allez crever. Mais écoutez-moi, cher André, je vous promets que vous ne crèverez pas dans cette chambre ! Allez !

– Allez quoi ?

– Mais enfin, c'est simple, il n'y a plus d'obstacle ! Il faut reconquérir la mairie. Et on va commencer par nettoyer le Front de gauche des éléments hostiles à ma doctrine.

– Monsieur le Maire, osa André Sfar, ça vous ferait alors deux Juifs sur votre liste, Bouchoucha et moi, sur une liste de trois adjoints plus un chien. C'est un très fort pourcentage. Je dois vous rappeler qu'il y a six millions de musulmans, trois millions d'électeurs FN et moins de 400 000 israélites dans notre pays. Je ne suis pas certain que votre décision soit judicieuse.

– Tu vois, c'est bien la preuve que je ne suis pas antisémite.

À ces mots, Merenda prit André Sfar dans ses bras et le souleva du sol. Le Niçois était resté gigantesque. Il parlait tant que l'on oubliait cela parfois : sa force d'ours. Il mit son copain sur un fauteuil roulant. Le chien aboya. Le conseil municipal révolutionnaire ouvrit la porte de la chambre et s'engouffra dans le couloir du service des soins palliatifs.

– Où ils vont ceux-là ? demanda un infirmier.

– Ils sortent, répondit Merenda. Ici, c'est irrespirable.

– 17 –

Jacques Merenda poussait lui-même la chaise roulante de son copain Sfar. Zéphyrin menaçait de poursuites en haut lieu quiconque s'opposerait à la libération du... « Comment ça le malade ? C'est un terme dépréciatif ! C'est tout simplement un camarade que nous amenons vers l'air libre et quiconque s'opposera à notre attitude émancipatrice aura face à lui l'ensemble de notre formation politique. » Garibaldi n'avait pas vu la double porte métallique qui barrait la sortie du pavillon des agonisants et donna un grand coup de tête dedans qui eut pour seul effet de le faire gémir tristement.

– Afin de sortir de l'aile des soins palliatifs, gérontophiles d'urgence et à tout prendre sans espoir, tapez fort sur l'interrupteur qui ressemble aux buzzers de « Questions pour un champion » sauf qu'il est placé sur la partie verticale d'un mur et pas sur une table comme chez le défunt Julien Lepers.

– Qu'est-ce que tu racontes, Bouchoucha, dit Zéphyrin, il est pas mort, Julien Lepers !

– Il n'est plus à l'antenne, c'est tout comme.

– Oui, murmura Sfar, je ne sais pas ce qu'il en est pour les homoncules plus jeunes, mais pour notre génération, si on nous sort de nos activités, autant mourir. Si l'on voulait résumer, on pourrait vraiment dire qu'un jour j'ai cessé de plaider et qu'ensuite je me suis retrouvé ici, à mourir.

– J'ignorais que tu aimais Julien Lepers, Sfar. C'est donc notre seul point de convergence. Tu es à droite, je suis à gauche, tu crois en Dieu, moi je l'emmerde, mais on se retrouve sur le terrain des jeux télévisés. Tu crois vraiment que le buzzer pour sortir de l'étage de la gériatrie désespérée c'est un hommage à Lepers ?

– Je ne sais pas, mais si tu savais comme je regrette que mon fils n'ait jamais été candidat à « Questions pour un champion ». Ça et « Qui veut des millions » de Jean-Pierre Foucault. Tu vois, je ne comprends pas les jeunes. Il est allé s'emmerder à Paris à faire des carrières dont personne n'a rien à branler alors que la vraie gloire était là sous ses yeux.

– Je comprends.

– Il n'y a rien à comprendre, c'est une évidence. Les seuls individus que tout le pays applaudit sans discrimination de race ou d'orientation idéologique, ce sont les gagnants des jeux de la télévision. Jacques Merenda ! Vous devez aller à « Question pour un champion. »

– Il faut voir si les cadres du Front de gauche valident ce choix de campagne, fit remarquer Francky Bouchoucha.

Et pour cela, il est urgent de rejoindre le meeting de ce soir. C'est le moment idéal pour que Jacques apparaisse face aux militants.

– Pourquoi parlez-vous de Front de gauche ? demanda André Sfar.

– Ha ! Ha ! On ne t'a pas expliqué, intervint Merenda. Pour faire partie de mon équipe, dorénavant, il faut être communiste.

André Sfar commença à se marrer. Puis il vit que ça n'était pas une blague.

– En gros, soit je deviens coco, soit vous me remettez dans ma chambre à agoniser ?

– Oui, cher ami, précisa Bouchoucha.

– Bon. Remettez-moi là-bas et rebranchez les tubes, j'ai besoin d'oxygène. Non, mais, Jacques, vous êtes fada ?

– Sfar, vous allez recommencer à faire obstacle à ma politique ? Jusque sur votre lit de mort vous allez me faire chier ? Vous êtes le SEUL, écoutez-moi bien, le SEUL à donner de l'importance à ces étiquettes-là.

– Monsieur le Maire, moi vivant, je n'irai ni chez les fascistes ni chez les soviets.

– Dis donc, je vais la jeter dans le Paillon, ta chaise, s'énerva Bouchoucha, c'est tout de même pas la même chose ! Vous êtes vraiment incorrigibles, vous, les Juifs de droite.

– Ah, non, Francky, je regrette, je suis un Juif d'origine gauchiste. Enfin je viens d'une famille SFIO. Et je suis devenu gaulliste uniquement parce que le Général nous a sauvés de la déportation. Puis j'ai aimé les velléités émancipatrices de Ferhat Abbas, tu vois...

– Je vois quoi ?

– Tu vois que voter à droite, ça m'a vraiment pris du temps, ça a été le travail d'une vie. Alors si sur la fin je redeviens marxiste...

– Ça serait un retour en enfance ?

– Tu as raison, c'est marrant. Allez, vous avez gagné, je viens !

Bouchoucha donna un coup de poing sur le buzzer.

– Allez ! tonna Merenda, on a une ville à sauver. Dehors, les flots montent, la canaille gronde et une immense majorité de concitoyens s'imagine encore que la capitale française est à Paris, au nord de Disneyland. Il faut changer cela. La capitale, elle est au sud de l'Aquasplash et elle s'appelle Nice !

Au cri de « *Issa nissa !* », le quatuor avec chien fit s'ouvrir grand la porte à deux battants et s'engouffra dans le couloir qui menait à la liberté.

– Stop ! fit Christian Lestrival.

Le maire actuel apparut en ombre chinoise au bout du corridor, sa silhouette athlétique faisant obstacle à la lumière du jour. Il tenait dans sa main une matraque de policier américain, le modèle dont il avait pourvu sa police municipale. Nom japonais de l'ustensile : tonfa. Fonction : cogner comme un CRS.

– Pitchoun, viens nous aider, on sort maître Sfar de sa prison. Dis donc, dans quel état tu l'as laissé se détériorer, notre hôpital ? Et nos anciens copains, tu les laisses tomber malades, comme ça ?

– Jacques, un maire a beaucoup de pouvoirs, mais pas celui de faire obstacle au temps et aux affections du corps.

– Pitchoun, tu manques d'ambition. Un maire, c'est comme un roi, en mieux. Tu vois un syphilitique, tu lui imposes tes mains, il doit guérir.

– Jacques, je ne vous autorise pas à spéculer ainsi publiquement sur ma sexualité.

Cinq policiers municipaux firent leur apparition derrière Christian Lestrival.

– C'est simple, fit Lestrival, s'ils ne coopèrent pas, vous…

– On quoi, monsieur le Maire ?

– Attendez… Charlie Loana… Charlie Loana, vous m'entendez ?

– Oui, monsieur le Maire *CRRRRR*, cessez d'appuyer sur le bouton du talkie-walkie lorsque vous *CRRRRRRRR* avez fini vos *CRRRRR* phrases sinon *CRRRRR*, putain, monsieur le Maire, arrêtez d'appuyer.

– Pardon, c'est nerveux, Charlie Loana Charlie Loana, c'est toujours moi, Lestrival.

– Monsieur le Maire, vous êtes le seul sur ce canal et je sais plus en quelle langue vous dire qu'on vous a reconnu et que vous n'êtes pas contraint d'invoquer le nom de Loana en vain.

– Oui ben pardonnez-moi si je mets les formes, ce pays meurt d'absence de rigueur, donc, fermez toutes les caméras.

– Sur toute la ville ?

– Non ! Les caméras de Saint-Roch, je veux un black-out total, secret médical, pour ainsi dire.

Dans un chuintement électronique, les appareils de surveillance passèrent tous en mode veille. À chaque étage de l'hôpital Saint-Roch, des centaines de diodes rouges qui surmontaient les caméras s'éteignirent instantanément.

Lestrival tapota son tonfa dans la paume de sa main.

– À présent, Jacques, vous nous suivez. Direction l'aéroport.

– Je regrette, vociféra Francky Bouchoucha, si vous muselez le nouveau représentant du Front de gauche, je vais vous mettre tous les camarades sur le dos, vous allez avoir une grève carabinée, partout ! Même les vendeurs de pans-bagnats je vais les mettre en grève !

– J'ajoute, précisa Zéphyrin, que pour des raisons que je n'ai pas encore bien élucidées, il y a moyen de maquiller votre coup de force en crime raciste et que j'ai l'intention de saisir diverses associations dont j'aurai incessamment les coordonnées.

– Quant à moi, murmura Sfar, je suis content de te revoir Christian, mais je veux bien porter plainte auprès de la LICRA si ça aide mes copains.

Le chien bondit vers Lestrival. Un policier sortit son colt Python (oui ils ont des armes énormes dans la police municipale niçoise). Le pandore visa le clébard et sa balle atteignit l'éclairage du plafond.

– Les travailleurs, les Noirs et les Juifs, ça te suffit pas ? Tu veux aussi te mettre les associations de défense des animaux sur le dos en tirant sur des bêtes sans défense ? menaça Merenda.

La bête sans défense s'était jetée sur le flic et avait souhaité l'atteindre aux endroits où se logeait son intelligence. Garibaldi se trouvait ainsi accroché aux parties génitales de l'agent municipal qui se tordait au sol.

– On se calme ! hurla Lestrival. Rappelez votre chien !

– Vous n'aviez qu'à pas sortir une arme ! précisa Zéphyrin l'avocat.

– Je n'ai rien sorti, c'est mon agent qui est une brêle ! se défendit Lestrival.

– Attention, monsieur le Maire, gémit le policier dont Garibaldi mâchouillait les couilles, si vous critiquez notre police, moi aussi je vous colle une grève sur le dos.

– Je ne vous ai pas autorisé à tirer, cacoubiliou ! brailla le Pitchoun.

– Et en plus vous visez comme une merde, précisa Merenda ! De mon temps, j'offrais aux flics des armes de cow-boy, comme toi, Pitchoun, mais moi je les envoyais un peu s'entraîner. Tu l'as sortie combien de fois, ton arme, couillon ?

– Dites à votre chien de me lâcher les roustons.

– Réponds !

– C'est la première fois, monsieur le Maire. C'est pas ma faute, je sais pas tirer.

– Bon. Ça va pour cette fois. Je rappelle mon chien. Gari ! Gari ! Laisse les parties du monsieur, il en a besoin. Pour pisser au moins.

Le chien ne lâcha rien.

Merenda s'éloigna de la chaise de Sfar. Il alla décrocher à mains nues le clébard qui décorait l'uniforme municipal.

Les autres flics s'approchèrent de lui et tentèrent de l'immobiliser.

– Vous faites quoi, là, exactement ? demanda Merenda.

– Jacques, je vous verbalise, pour un nombre de chefs d'accusation que ces messieurs confirmeront. Et on vous emmène directement à l'aéroport. Vous repartez à Pétaouchnok.

– Ça suffit ! hurla Bouchoucha, c'est de l'obstruction. Allez ! Brisons le cordon de police !

– 18 –

Le fils d'André Sfar était con comme un panier. Il n'avait plus grand-chose de niçois à force de travailler à Paris. On lui avait annoncé que son papa agonisait. C'était à peu près le seul genre d'information qui pouvait lui faire quitter son cinéma de merde et ses livres de chiottes pour retourner un peu sur la seule terre qui lui ait jamais fait du bien, la Côte d'Azur. À force de fréquenter ce que la France avait de moins vigoureux au chapitre de la population, c'est-à-dire les Parisiens, il avait acquis la peur de tout, à commencer par la peur de mourir. Autant dire que lorsque avec ses petits poumons et son teint pâle Joann Sfar arriva à Saint-Roch pour visiter son père, il faisait des pas minuscules. Comme pour retarder le moment où il se retrouverait dans sa chambre. Il priait à chaque fois pour qu'il n'y ait que le papa, dans la chambre. Chaque tête-à-tête avec quelques membres de sa famille le mettait mal à l'aise. Il avait mis trente ans à se fabriquer un personnage public, superficiel et faussement joyeux, c'était pas pour qu'on lui replonge la tête dans l'enfance, et dans les « Je te connais bien ». Voilà. Il détestait l'intime et les conversations profondes. Cette habitude pénible que l'on a à Nice de parler tout de suite de l'essentiel. « Tu as quelqu'un ? Vous allez vous marier ? C'est quoi sa religion ? Quand est-ce que tu viens nous voir en Israël ? Il faut que tu parles davantage à ton papa. » Son papa, il lui parlait une demi-heure par jour au téléphone, mais c'était du silence. C'est-à-dire que Sfar fils faisait la conversation tandis que Sfar père, par le truchement de la maladie et l'affaissement des muscles, opposait un silence. Mystère de ces moments où même s'il ne parle pas on sait si le père est heureux, ou s'il vous juge. Enfin dans un lieu où même un père silencieux au bout du fil, et qui vit à neuf cents kilomètres, pèse très lourd, imaginez la puissance évocatrice d'un vrai tête-à-tête en chambre d'hôpital. Sfar fils se rappelait cette nouvelle de Kafka dans laquelle un jeune homme fait de son mieux pour aller le plus loin possible de son père qui le terrorise. Le père est immobile, dans une chambre de malade. Le fils s'enfuit au diable, comme si la distance pouvait amoindrir l'influence paternelle. Puis, en un moment où l'on croit qu'ils sont tellement éloignés l'un de l'autre que plus rien de néfaste ne peut couler de la vieille génération vers la nouvelle, le père se dresse dans son lit d'agonie et tend un doigt vers le mur blanc qui lui fait face. Loin de la chambre du mourant, le fils, sans réfléchir, se jette dans l'eau et meurt. Dans un autre roman, de Marcel Aymé, un roman que plus personne ne lit et qui s'appelle

Maison basse. Un roman que le fils Sfar n'a plus jamais retrouvé en librairie mais qui lui était arrivé dans les mains l'année où il avait emménagé dans la capitale. Oui, il avait trouvé ce livre, couverture arrachée, pages jaunies et annotées, dans une poubelle de la rue Guisarde. Vous ne pouvez pas vous imaginer l'importance d'un livre trouvé à Paris pour quelqu'un qui vient de Nice. Car à Nice, personne ne sait lire. C'est pas une opinion, ce sont les faits mathématiquement quantifiables. La totalité de la région niçoise écoule moins de bouquins qu'une grande librairie parisienne, vérifiez les chiffres GFK et les sorties de caisses, c'est ainsi. Si dans les rues de Nice vous voyez un commerçant en larmes, aucun doute, c'est le libraire. Donc en arrivant à Paris le fils Sfar avait trouvé *Maison basse* de Marcel Aymé dans une poubelle. Il avait déjà le nez dans Dumas. Depuis son arrivée aux Beaux-Arts, il se prenait pour D'Artagnan. Dès qu'il quittait l'aéroport. Dès qu'il se retrouvait dans le Quartier latin. Par la simple raison que papa ne le surveillait pas. Par la merveille d'une ville comme Paris, assez grande pour que des Juifs de la communauté niçoise n'aillent pas répéter à son père qu'il aimait une catholique, Sfar fils se sentait libre. Il écoutait, pour faire chier et en secret, la radio homosexuelle parisienne, car à Nice cela n'existait pas à l'époque. Il sortait. Il s'endormait couvert de peinture car il faisait aussi le peintre. « Mon fils, tu me fais honte à venir à la synagogue en jean et en tee-shirt. Nous ne sommes pas n'importe quoi. J'ai commencé à me casser le dos quand j'étais gosse, à porter des caisses et des colis. J'ai monté tous les échelons, j'ai le droit d'exiger que mon fils vienne à la synagogue en costume ! » Oui. Tout ça était compréhensible. Et l'ambition du père, et la fuite de l'enfant. Puis Marcel Aymé qui racontait l'histoire suivante, dans *Maison basse* : un héros regarde une maison qui est en face de chez lui. Il voit vivre chaque habitant. Il raconte leurs existences. Lui, il est hors de cette maison. Parce qu'il en est extérieur, il parvient à en saisir les drames. Il éprouve beaucoup de sollicitude, en particulier pour ce mathématicien qui se jette chaque jour dans l'eau sale du canal Saint-Martin. Que la police repêche à tous les coups, pour lui interdire le suicide. Puis à chaque fois qu'il replonge le nez dans les sciences mathématiques, et que, pour paraphraser Kant, il se remet face à nos châteaux bâtis sur du sable, ou bien plutôt face à l'inéluctable du peu que l'on parvient à savoir du monde, les vertiges lui viennent et il se refiche à l'eau.

Sfar fils avait compris cela : face aux vérités profondes, on se jette dans le canal Saint-Martin. En revanche, si l'on a la sagesse d'en rester à Alexandre Dumas, comme le répétait Clément Rosset, la joie est possible. « Dès qu'on approfondit, on quitte le réel. » Aussi en restait-il à cette idée vivifiante : « Lorsque j'ouvre *Les Trois Mousquetaires*, les rues où évoluent les protagonistes ne sont autres que celles du Quartier latin, dans lesquelles j'habite aujourd'hui. Aussi peu importe que je décide d'être tantôt l'un ou l'autre des mousquetaires, ou tantôt Brassens, ou parfois Rastignac. Ou même ce Stendhal qui disait au sujet du bonheur qu'il consiste à vivre à Paris avec 100 louis de rente, bouffant des épinards et faisant des livres. Oui, pour ainsi dire, on s'en fout. On va en rester aux joies topologiques. J'habite la même cartographie que les héros des romans. Si je ne parviens pas à trouver mon plus grand plaisir dans cette idée simple : *Les Trois Mousquetaires* ont eu lieu dans ma ville, alors je suis un con. »

Paris, ta ville ? ayayay ! Sfar fils : traître à Nice.

Il n'avait rien de tout cela en tête, puisque lui aussi avait vieilli. C'était un petit garçon de quarante-trois ans qui passait l'entrée ensoleillée de l'hôpital Saint-Roch. Il pensait à son film dont il venait d'abandonner momentanément la préparation, pour aller voir son père. Il demanda où se trouvait l'étage du « service d'urgence gériatrique ». Il savait très bien que d'ici peu il faudrait demander « la direction du reposoir de Saint-Augustin ». Puis « le chemin pour se rendre au cimetière de l'Est ». On avait beau faire de son mieux pour baiser beaucoup, parfois la brièveté des cycles de vie obscurcissait jusqu'au soleil de Nice. Enfin ce fils, en cette journée-là, était plus triste et plus vieux que son père.

Tandis qu'il parvenait à l'étage où il pensait trouver la chambre de son papa, une déflagration retentit. Comme un coup de revolver ? Sfar fils n'osait pas sortir de l'ascenseur. Des infirmiers passèrent en courant. Une porte métallique s'ouvrit en face de lui. Comme dans un rêve il vit débouler l'ancien maire, Jacques Merenda, tenant un chien agressif. Derrière lui, il pouvait voir son papa Sfar, sur une chaise roulante, qui riait. Un élu communiste poussait la chaise. Un monsieur noir élégant courait avec eux. Tous ceux-là rigolaient très fort. Derrière eux cavalait la police. Menée par l'actuel premier magistrat de la ville qui agitait une matraque japonaise au-dessus de sa tête.

Sfar fils avait grandi dans la mythologie de Jacques Merenda. C'était l'adversaire du papa. Mais même ses ennemis aimaient Merenda. Lorsque Sfar fils avait quatre ans, on l'avait choisi pour tenir le cordon de l'inauguration de son école maternelle. Il avait eu un petit costume vert pistache avec une cravate pour enfant, façon garçon d'honneur. Et face à lui on avait planté une petite blonde à serre-tête. Aucun des deux enfants ne s'était fait pipi dessus lors de la cérémonie d'inauguration de l'école Terra Amata. C'était donc une victoire. Sfar fils avait cru, comme la maîtresse l'avait annoncé, qu'on l'avait choisi par tirage au sort. Le pauvre chéri ignorait que dans la région niçoise, et dès l'école maternelle, aucune élection n'est jamais totalement régulière. C'est un peu comme les stages pour écoliers dans les grandes maisons d'édition parisiennes. On vous raconte que n'importe quel gamin peut y accéder, mais si vous regardez le pedigree des gosses en stage chez Grasset, Flammarion ou Gallimard, vous ne verrez que des fils d'auteurs ou d'éditeurs. Donc oui, avec le recul c'était certain que Merenda avait choisi le fils de son vieil ennemi pour tenir le cordon. On pense vite dans les instants où l'on risque sa vie. Tandis que retentissaient des décharges de colt Python dans le couloir, Sfar fils se demandait qui pouvait avoir été la blonde en face de lui, lors de l'inauguration de l'école maternelle. « Cette petite pute était sans doute, comme moi, fille de notable, d'allié ou d'adversaire politique. Pour Merenda, tout a toujours eu du sens. »

Sfar fils avait eu peur de ces ogres méditerranéens. Qu'il se fût agi de son propre père, ou de Jacques Merenda, c'étaient des gargantuas. Des types à qui tout appartenait, à commencer par le sexe. Sfar fils avait rencontré à treize ans celle qui devait devenir la mère de ses enfants. À l'âge de seize ans il l'emmenait dans toutes les réunions politiques, de l'extrême droite à l'extrême gauche, toujours dans l'idée de se faire une représentation de la cartographie locale. C'était un être qui ne pouvait s'empêcher de donner raison à chacun, puis de faire dialoguer dans son imaginant les zgègues qu'il avait vus prêcher sur la caisse à savon. Ainsi il aurait rêvé de mettre dans la même pièce Yasser Arafat et le Maharal de Prague, Platon et Spinoza, Jean-Marie Le Pen et Georges Marchais. Il avait vu Jacques Merenda mille fois, dans des circonstances plutôt agréables. Mais lorsqu'il se rendait aux choses municipales avec sa fiancée, Sfar fils frissonnait. Car le vieux moustachu souriait aux femmes de tous âges. Il se rappelait la fois, en marge d'une réunion des nouvelles droites, où Merenda était apparu à sa jeune amoureuse et lui avait donné du baisemain et du « mademoiselle ». Sfar fils ne voulait absolument pas savoir ce que la gamine en avait pensé. Lui s'était senti menacé par ce vieux type qui osait tout. Voilà. Sfar fils avait peur de beaucoup de choses, et vivait sans doute bien moins qu'un vrai Niçois. Comme Christian Lestrival, Sfar fils aurait rêvé que ça soit lui qu'on appelle « le Niçois ».

– Papa, tu fais quoi ?

– Cours, fiston, on s'évade !

– Mais vous faites quoi ?

– On va être en retard à la rencontre d'Edwy Plenel avec Tariq Ramadan !

– Papa, je comprends rien à ce que tu racontes !

– C'est simple ! Je me suis réconcilié avec Jacques Merenda. Lestrival n'est pas d'accord. Ce soir il y a une grande réunion au Front de gauche, alors on va saisir cette opportunité pour haranguer les militants.

– Papa, qu'est-ce que tu racontes, je croyais que tu avais prévu de mourir ?

– Dis donc, tu m'embêtes ! Tu as passé toute ton adolescence à la Fédération anarchiste juste pour me contrarier, et maintenant que sur le tard je deviens, moi aussi, un peu trotskiste, tu fais obstacle à mon projet d'émancipation, ainsi qu'au report de mon acte de décès.

– Mais papa ! Pourquoi tu parles de Tariq Ramadan ?

– Je ne sais pas bien. C'est une sorte de saison thématique, au Front de gauche. La semaine dernière il y avait une rencontre avec Edgar Morin et Tariq Ramadan. Cette semaine c'est Edwy Plenel et Tariq Ramadan. Et la semaine prochaine ? Il y aura Clémentine Autain et Tariq Ramadan. Tu sais, mon fils, je crois que les gauchistes n'ont jamais aimé les Arabes. Ils ne comprennent rien à la façon qu'on avait de vivre dans le Maghreb, c'est-à-dire que l'on mettait le quotidien avant le grandiose. On aimait se réunir et se disputer. C'était notre façon d'être. Joann, je ne sais pas comment te dire ça, nos élites françaises n'ont jamais été douées pour la vie. Elles ne savent pas s'asseoir simplement en face d'un semblable, et s'en faire un ami. Alors voilà, leur incapacité à parler d'égal à égal avec un Arabe se transforme en un édifice assez morbide, dans le cadre duquel elles convoquent des chefs religieux ou des théoriciens, afin d'expliquer à des citoyens français d'origine maghrébine comment ils doivent retourner à une tradition religieuse… qui n'a jamais été la leur. Tu comprends ? Elles ne savent rien de l'Algérie, alors elles prennent leurs informations chez un millionnaire suisse d'obédience égyptienne financé par le Qatar.

– Non, papa, je ne comprends rien. Et je ne comprends pas pourquoi Christian Lestrival nous tire dessus.

– Cours, fiston ! C'est la guerre !

– Attrapez-les mais ne tirez plus ! hurlait Lestrival.

– Monsieur le Maire, fallait pas nous donner des flingues si vous vouliez pas qu'on s'en serve.

Chacun courait. Ils firent tomber une vieille dame. Sfar fils, qui avait des manières de Parigot, fit arrêter la cavalcade pour remettre la vieille debout.

– Il est con, ton fils, murmura Bouchoucha.

– Oui, répondit Sfar, je sais pas ce que j'ai fait pour mériter un gosse pareil.

– Ça suffit, hurla Merenda ! Messieurs, ma campagne municipale va continuer et rien ne pourra l'arrêter !

– Saisissez-vous d'eux ! hurla Lestrival.

Merenda sortit une liasse de billets et donna l'ordre aux policiers d'interrompre leur travail d'obstruction. Lestrival, qui disposait de fonds secrets dans la doublure de sa veste, sortit une somme équivalente. C'était le statu quo.

– Monsieur le Maire, argua Sfar fils, je tiens à me désolidariser de l'oukaze dans lequel mon père et Jacques Merenda se sont égarés. Je rappelle à votre bon souvenir que nous avons sollicité et la région et la municipalité pour le tournage de mon prochain long-métrage. Vous voudrez bien dire mes amitiés et à Sophie Duez et aux représentants des aides de tous ordres, ainsi qu'à la dame sympathique qui s'occupe du restaurant La Petite Maison. J'ai également envoyé des dessins dédicacés aux entreprises de travaux publics que vous m'avez indiquées. Monsieur le Maire, merci, puisque vous êtes chrétien, de ne pas faire peser sur les épaules du fils les fautes de son père. Et sur ce, permettez que je m'éclipse.

– Je n'y crois pas, balbutia Merenda, éberlué. Ton fils quitte le navire comme ça ? Il se vend à l'ennemi ?

– Pardon papa, pardon, monsieur le Maire, vous comprenez, c'est très difficile, de monter un film, et le cinéma, c'est toute ma vie.

– Mon fils, va-t'en, ne va pas te faire mal, murmura André Sfar.

Puis un vide passa dans les yeux du père. Il aurait aimé enfanter un être moins raisonnable.

– Alors quoi, fit Lestrival ? On règle ça d'homme à homme ? Ici, Jacques, c'est ma mairie. Alors allez-y ! Si vous la voulez, on fait ça ici. Il n'y a aucune caméra. Messieurs sont témoins, si vous gagnez, je vous laisse partir.

– Pitchoun, je ne comprends pas ton agressivité. Je t'ai laissé la mairie quand je suis parti. Je reviens, je la reprends, c'est tout.

– Eh bien, gagnez-la !

Sfar fils descendait l'escalier. Il entendit le début du combat. Puis la voix de son père qui encourageait Jacques Merenda. Le grand petit garçon se mit à pleurer. Puis il retourna à son cinéma et quitta cette histoire.

Zéphyrin avait attaché Garibaldi à une laisse. Puis il avait assujetti la lanière de la laisse à la chaise roulante de maître Sfar, afin que le molosse ne se mêle pas au combat singulier. Les policiers municipaux, quant à eux, observaient le duel des chefs. Ça faisait longtemps qu'à Nice on avait oublié de régler les différends politiques à coups de poing. Les flics étaient ravis, enfin un langage compréhensible, c'est pas les crânes d'œuf de l'ENA qui iraient ainsi au cœur du problème.

Lestrival avait une belle garde. Il était technique. Il avait retiré sa veste et retroussé ses manches. Sa cravate se baladait de droite à gauche à chaque esquive. Merenda frimait. Il avait tout conservé : la veste, les lunettes. S'il avait eu un cigare aux lèvres au début de la bagarre il l'aurait gardé également. Il était salaud. Au début de la bagarre, il avait entamé une phrase très calme, du type « Pitchoun, tu vois, ça me désole que... ». Et juste au milieu du « que », entre le « q » et le « u », enfin plutôt près du « q » pour que la surprise soit totale, il avait balancé son poing orné de chevalières en or dans le visage du Pitchoun. Lestrival avait rougi façon Charal instantanément et avait tenté le coup de genou, se disant avec raison que le ventre et ses années d'ingestion d'alcool et de viande américaine devaient constituer un lieu de faiblesse du territoire merendien. Jacques s'était plié en deux et avait mangé un pain dans l'oreille. Tout tournait. Il s'était jeté en avant, moustache pointée comme des cornes vers les côtes de Lestrival. Coup de boule dans le plexus. Pitchoun s'étouffe. On le coince contre le mur de l'hôpital. Sur le chemin il trébuche sur une table à roulettes. Des bocaux en verre blanc tombent au sol. Merenda ne respecte rien et ne lui colle pas un mais deux gros doigts dans les yeux. Lestrival hurle. Merenda lui met la main dans la bouche façon *mouthfucking*. Le maire vomit.

– J'ai gagné, laissez-nous partir.

Jacques Merenda refit soigneusement son nœud de cravate. Il épousseta sa veste avant d'en faire jaillir un cigare. Ses camarades se dirigèrent vers l'ascenseur. Merenda fit coulisser vers l'arrière la bague de son cigare – il ne la retirait jamais. Un laborantin l'implora de s'abstenir de fumer dans l'enceinte de l'hôpital.

– Ho, merde, hé ! lui répondit Jacques Merenda en allumant son briquet tempête.

Le cigare fuma. Les détecteurs de fumée se mirent à sonner car ils appartenaient à un réseau électrique distinct des caméras de surveillance qui étaient toujours désactivées.

– Rien de loyal dans ce combat ! Jacques, c'est la guerre, hurla Lestrival. Poursuivez-les !

À cet instant, les protections anti-incendie se déclenchèrent et des trombes d'eau jaillirent du plafond, pour terminer sur le crâne du Pitchoun et de ses flics. Jacques Merenda vérifia que tous ses copains et le chien étaient bien dans l'ascenseur. Il appuya sur « rez-de-jardin » et entonna la chanson *Calan de Villafranca*...

– 19 –

– Tu crois que ça va s'arrêter quand, cet enfer ? demanda Bouchoucha.

– Haha ! répondit Merenda, on se marre bien !

Ils se précipitèrent vers la Supercinq Blue Jeans. Lestrival et ses hommes de main, trempés, déboulaient à leur tour de l'enceinte de l'hôpital. Lestrival enfourcha son Segway. Les autres montèrent sur leur moto. La Supercinq était déjà à la grille du parking. Lestrival ordonna qu'on ferme la barrière. Le battant en bois rouge et blanc qui interdisait la sortie s'abaissa. Merenda, qui était au volant, fonça façon Henri Pescarolo. Vous ne connaissez pas ? Vous êtes jeune, c'était un champion automobile, comme vous diriez, aujourd'hui, Vin Diesel.

Derrière eux restait la chaise médicalisée de maître Sfar. Ils avaient porté leur copain à bras d'homme et l'avaient entassé avec eux dans la voiture. La chaise ne tenait pas dans le petit véhicule de l'élu communiste. Il allait falloir se débrouiller sans ustensiles médicaux. André Sfar en était ravi.

Du côté du maire actuel, les policiers n'avaient pas osé rouler plus vite, en moto, que le Pitchoun sur son Segway. C'est pourquoi la poursuite s'interrompit au niveau du centre commercial Nice TNL.

– 20 –

– Direct, comme ça, vous allez attaquer l'électorat communiste ?

– Sfar, répondit Merenda, on n'a pas trop le temps pour se chauffer. Il est quoi ?

– Seize heures trente, précisa Zéphyrin.

– Jacques, se plaignit Bouchoucha, ça me fait chier que tu conduises ma voiture. Laisse-moi le volant.

– Je regrette, répondit Merenda, quand le Niçois entre dans une bagnole, le Niçois conduit.

Il effectua un virage frein à main pour tourner rue Barla.

– Oui, poursuivit maître Sfar. Je ne sais pas à quelle heure commence le rassemblement.

– C'est déjà commencé, fit Bouchoucha. Il y a des réunions préliminaires. Je crois que le thème d'aujourd'hui c'est « Comment porter le voile en piscine de manière marxiste ». Ensuite il y a un atelier sur « Pourquoi les violences faites aux femmes sont-elles moins graves lorsqu'elles sont le fait de populations issues des grands courants migratoires postcoloniaux ? ».

– Tu plaisantes ? demanda Sfar.

– Malheureusement non, répondit Bouchoucha. C'est pourquoi j'en viens à me dire que là où se trouve mon parti, Merenda ne peut pas le faire descendre plus bas. Le mois dernier j'ai dû user de toute mon influence pour éviter une réunion intitulée « Pourquoi les attentats islamistes sont-ils la faute d'Israël ? ».

– C'est interdit aux Juifs, maintenant, l'extrême gauche ?

– C'est comme dans la société que décrit Marcel Proust, si tu veux. Pour qu'un Juif soit admis, il faut qu'il commence par dire beaucoup de mal des Juifs.

– Mais tous les Juifs passent leur vie à dire beaucoup de mal des Juifs, précisa André Sfar.

– C'est vrai, donc tu vois, il y a de l'espoir à gauche, conclut Bouchoucha.

Tandis qu'il roulait, Merenda se désolait à haute voix de la modification du paysage niçois. La voiture s'était faufilée derrière la fourrière municipale, elle avait débouché place Max-Barel. Cet endroit n'avait pas changé. On y trouvait toujours une vieille pompe à essence, un magasin de primeurs, ainsi que, rue Barla, un réparateur de téléviseurs qui ne subsistait que grâce à l'inaptitude des grands-mères niçoises à régler leurs ustensiles électroniques. Il y a trente ans, il leur vendait des décodeurs Canal +. Aujourd'hui il les initiait à l'iPad et à

Tinder, tout en leur refilant avec un art consommé tous les abonnements possibles et imaginables. Ce changement était supportable aux yeux de Merenda. Puis la rue Bonaparte qui était devenue le quartier gay de Nice. Bizarrement, Merenda aimait ça aussi, tout simplement parce qu'il avait toujours eu des ambitions américaines pour sa ville et que cela lui rappelait la côte ouest des États-Unis. Mais lorsqu'on arriva vers la nouvelle bibliothèque qui faisait le lien entre le théâtre de Nice et le palais Acropolis, il commença à s'énerver. Il s'agissait d'un immense cube en béton gris posé sur un cou de géant antique. Il faudrait montrer au lecteur une photographie afin de faire justice à ce bâtiment. Il faudrait également, afin d'en saisir la raison, comprendre la juxtaposition imbécile, dans la culture niçoise, entre un art grec fantasmé et une école de Nice qui n'a jamais rien su faire d'autre que figer dans de la glu des petits déjeuners ou compresser des violons brisés et des escargots de mer afin de décorer les cabinets de dentistes. Cela aboutit à un bout d'antique et un morceau de géométrie. On te colle un buste musclé et un cou d'éphèbe, de 10 mètres de haut, et par-dessus un cube de mes couilles dans lequel on logera les étudiants et les bouquins et le « Chuuut, taisez-vous c'est une bibliothèque ». Jacques Merenda s'imagina qu'il y avait des escaliers dans le cou et les bureaux plus haut. Il ne voulait pas voir ça de plus près. Il était contre. Pour des raisons idéologiques ? Pas du tout. C'était exactement l'art qu'il aimait puisque

Merenda avait un goût prononcé pour la merde. C'est typiquement le genre de création face à laquelle les réactionnaires peuvent dire « C'est beau car c'est grec », et les forces de progrès gloussent avec ravissement face à l'audace qu'il y a eu à coller des cubes à la place d'une tête. En quelque sorte, à la suite de Salvador Dalí, on rappelle que tout vient de la géométrie sacrée. En remettant le nombre d'or partout, on rappelle les vérités séraphiques cachées derrière les apparences et on met d'accord tout le monde : madame Claudette qui vend de l'art contemporain et qui vote à gauche, et ses clients qui sont d'extrême droite mais qui souhaitent en acquérir et faire semblant de saisir le projet. Tout ça plaisait à Merenda. Ce qui ne lui convenait pas, c'est qu'on ait construit ça après son départ. Le palais Acropolis, le théâtre de Nice, blocs de marbre post-fascistes avec statues martiales et envolées géométriques, ça lui plaisait, parce que c'était sa merde à lui. Voir à quel point Lestrival était resté fidèle à cette école esthétique causa à Jacques un sentiment un peu déprimant. D'une certaine façon, on a l'impression d'être inutile.

– Finalement même en mon absence, l'école d'art que j'ai créée continue comme si de rien n'était, dit-il comme pour lui-même.

– Jacques, sur ce point je ne sais pas, murmura André Sfar, mais je trouve ça risqué, de vous balancer direct chez les cocos comme ça sans rodage.

– Que voulez-vous dire, André ?

– Pour vous chauffer, vous ne voulez pas passer à mon club de bridge ?

– Pour quoi faire ?

– Eh bien pour vous retrouver, d'une certaine façon, une légitimité.

– Parce que moi, comme communiste, vous croyez que je suis pas crédible ?

– Oh, si, certainement ! Regardez Mélenchon, il a fait tout le début de sa carrière en faisant la promotion de l'idée européenne, maintenant il crache dessus et personne ne s'en est aperçu ! Regardez Plenel dont le journal a soutenu Édouard Balladur ! Non, Jacques, je ne me fais pas d'illusions, j'ai bien compris que j'étais le seul en France à prendre au sérieux la latéralisation de notre vie politique. Mais je crois que ce soir, vous ferez face à beaucoup d'hostilité. L'ancien maire divers droite pour pas dire pire qui se la joue revival Mao, ça demande, disons, de la combativité.

– Et vous me trouvez rouillé ?

– Certainement pas, Jacques, mais face aux vieilles dames de mon club de bridge, je me dis que ça serait, d'une certaine façon, un apéritif.

Bouchoucha se mit en colère. Il fit remarquer qu'on n'avait pas que ça à faire de se déconcentrer. Et que de toute façon les vieilles rombières du centre de Nice ne voteraient jamais communiste.

– Eh bien tu vois, lui répondit Merenda, je crois que c'est à cause de ça que vous n'avez pas dépassé les 4 % depuis longtemps. Sfar a raison, on va au… comment ça s'appelle ton truc ?

– Le Bridge Club Côte d'Azur, précisa André Sfar.

– 21 –

On trouva à se garer derrière le cinéma UGC de l'avenue Jean-Merenda. Jacques était ulcéré de voir qu'on avait rendue piétonne la grande artère niçoise qui portait le nom de son père. Des individus d'extractions diverses traînaient là, au milieu de la chaussée. Parfois ils s'écartaient mollement pour laisser passer un tramway. Sur le chemin, Jacques avait bien vu le désastre de la place Masséna qui ressemblait désormais à une œuvre de Giorgio De Chirico : un grand espace laissé vide de bruit et de fumée. Jacques aimait l'automobile et ses désagréments. Une ville ne servait pas qu'à marcher et acheter des foulards. Il fallait s'y croiser, pare-chocs contre pare-chocs, y pratiquer, pour ainsi dire, une activité industrielle. De la même façon qu'il lui avait toujours semblé essentiel que Nice reste un port de commerce, et pas uniquement une enfilade de plages, il se désolait de ne voir aucun poids lourd au centre de sa ville.

– Si nous ne servons qu'aux vacances, autant crever. Une ville, c'est les affaires et ça n'est rien d'autre. Mon père a tenu le cap, même dans des moments difficiles. Pendant toute la période terrible de l'occupation allemande, mon père a courageusement collaboré avec l'occupant, pour sauver ce qui pouvait l'être. Et ne croyez pas que c'était facile. Oh ! comme nous enviions la facilité de choix de ces résistants de la première heure qui se sont si vite soustraits aux obligations et aux négociations quotidiennes, non pas pour survivre soi, mais bien pour aider la collectivité à ne pas trop perdre de plumes.

– Jacques, supplia André Sfar, nous serons pétainistes une autre fois.

– Je ne suis pas pétainiste et ne l'ai jamais été, pas davantage que mon père. Je constate simplement, et personne ne le dit, qu'il faut parfois du courage pour rester en place. Tenez, vous. Vous voyez arriver Le Pen, vous démissionnez. Eh bien moi…

– Oui, Jacques. Je crains que nous ne parvenions pas aujourd'hui à un accord sur ce différend, et peut-être devrions-nous le laisser sous le tapis pour l'instant.

– Oui. Bon. N'empêche que l'avenue Jean-Merenda piétonne, c'est une insulte à la mémoire de mon père.

– Venez, le tournoi de bridge se termine d'ici dix minutes.

Merenda fut très déçu. Et il crut que c'était un coup de Sfar. Personne ne le reconnut. Mais tous les membres du club se précipitèrent dans les bras d'André Sfar. Parce qu'il était le président et le créateur de ce club de bridge. Des dames d'âges très divers le prenaient dans leurs bras.

Il avait la trace de trente fonds de teint différents sur les joues au bout de quelques minutes. Une dame turque offrit des loukoums. Une dame tunisienne, qui s'appelait Sfar aussi, tenait à se prendre en photo avec le vieil avocat. On ouvrit du champagne. Merenda lissait sa moustache nerveusement. Bouchoucha d'un côté et Zéphyrin de l'autre aidaient maître Sfar à se tenir debout. Les gens étaient heureux de le voir. Il fallut qu'il prenne la parole et qu'il annonce qui était son compagnon pour que les acclamations deviennent collectives. Merenda était de retour ! Ça, c'était un bon maire ! On a beau dire, il avait de la personnalité ! Ah, ça, tout le monde a cherché à l'abattre, mais lui, il a toujours défendu Nice. Oui. Voilà. Lui, c'était un vrai Niçois. Il a piqué dans la caisse ? Et alors, comme si tout le monde le faisait pas ! Peut-être qu'il a volé du fric, mais c'était pas l'argent des Niçois ! Jamais il aurait pris quoi que ce soit aux Niçois, Jacques Merenda, parce que sa ville, il l'aimait. Alors oui. Peut-être parfois il avait un peu arnaqué ces gommeux de Paris. Mais enfin Nice, elle l'a pas fait exprès, d'être française. Nous, on est comme les Corses. Oui. Ça se sait peu mais la Constitution corse a servi de modèle à la Constitution des États-Unis. Alors Nice c'est pareil. Il a fallu le fusil sur la tempe des soldats napoléoniens pour qu'on accepte d'intégrer la France de François Hollande. Non. Sinon, nous, on serait restés italiens. Ou piémontais. Enfin, en tout cas, pas français. Nice elle est rebelle, elle se bat. Comme Garibaldi ! Voilà ! Merenda, c'est comme Garibaldi !

À l'évocation de son nom, le bull-terrier de l'ancien maire devint plus insupportable encore que d'habitude, il renversa une table et sauta au milieu de quelques déambulateurs. Puis, sacrilège dans un club de bridge, il se précipita sur le pupitre où l'on gardait les différentes donnes du tournoi. Le Bridge Club de la Côte d'Azur constituait le dernier lieu de France non encore informatisé. Ainsi dès que le chien eut renversé et mangé tous les papiers, ne put-on pas effectuer le classement du tournoi du jour. Les joueurs de tous âges en furent désolés. Merenda offrit une tournée supplémentaire et l'on oublia l'incident.

– Tout ça pour dire qu'il y a les élections dans un mois, et que face à la menace de la montée des eaux, et voyant l'état où se trouve ma ville, je n'ai guère le choix. C'est un sacrifice sur l'autel de la tranquillité de ma retraite, mais je sais où est mon devoir : je me représente.

– Bravo, monsieur le Maire. On va tous voter pour vous. Et ceux qui n'ont plus toutes leurs facultés motrices, on viendra les chercher en minibus et ils voteront tous, même les défunts. Ici, c'est comme la Corse, on n'a pas besoin ni de deux tours ni d'un tour, on sait qui c'est le maire. Et on va pas se laisser embêter par des stratagèmes importés de la capitale de suffrage universel et de je sais pas quoi. Le maire, c'est Jacques Merenda.

– Je tiens à vous préciser que pour des raisons techniques je vais me présenter sous la bannière communiste.

Je vous remercie de me conserver votre soutien malgré cette décision imposée par le principe de réalité.

– Les communistes, on les pend, ils ont qu'à manger des patates à Moscou.

– Je vous prie, chers administrés, de reconsidérer votre affirmation, qu'en d'autres temps j'aurais pu faire mienne, et de voter tout de même pour moi.

– Vous avez pas compris, monsieur le Maire ! C'est exactement ça qu'on voulait dire. On voulait dire que c'est pas une brochette de cocos qui va nous empêcher de voter pour vous. C'est pas ces pourritures bolcheviques qui vont nous priver de notre maire. Alors si Jacques Merenda est contraint d'être l'otage du bolchevisme, nous, on votera pour Merenda quand même ! Parce qu'on est niçois d'abord !

– Voilà. Niçois d'abord. Je vous remercie.

On applaudit bien fort. Bouchoucha fit remarquer qu'il était temps de partir, si on ne voulait pas louper Edwy Plenel et Tariq Ramadan.

Tandis qu'ils descendaient jusqu'à leur voiture, escortés par un chapelet de vieilles Niçoises, Sfar fit remarquer à Merenda que ça serait sans doute moins facile chez les cocos.

– Si j'aimais la facilité, Sfar, je ne remettrais pas mon titre en jeu.

– 22 –

Elle s'introduisait l'organe du maire en poussant des exclamations enthousiastes. À chaque coup de reins de Lestrival, la jeune femme le traitait de « connard de droite ». Elle le mordait au sein.

– Aïeu ! fit remarquer Lestrival.

– Pardon, mon petit bébé, fit-elle, faut bien que j'exprime mes idées. J'adore quand tu me la mets sans retirer ma petite culotte.

– Culotte que je t'ai offerte.

– Tu vois, bébé, ça, c'est mesquin.

– Pardon, pardon, beauté ! Ah ! Ah ! Ça te plaît, petite pute.

– Me traite pas de pute ! Si tu me parles comme ça, je te vois plus jamais, escroc, salaud, libéral !

– Penche-toi là ! Oui, je respecte tes convictions.

– Plus fort ! J'aime quand tes couilles claquent sur mes cuisses ! Je t'aime ! Dis-moi que tu m'aimes !

– Je t'aime, je t'aime.

– Tire-moi les cheveux. Dis-moi que je suis ta pute.

– Faudrait savoir.
– Tais-toi, ah, tais-toi, baise-moi.

Il l'avait rejointe à bord du Segway. Ça l'avait fait rire. En raison de la présence menaçante de Jacques Merenda dans la région, Christian Lestrival ressentait le besoin de faire le tour de toutes ses maîtresses. Celle-là avait vingt-deux ans les bras levés. C'était une blonde aux yeux verts jolie comme un cœur qui militait pour les baleines et la paix dans le monde. Elle étudiait des disciplines déterminantes pour le bien-être d'une jeune fille comme « l'art communication et langage » ou bien la « psychologie appliquée au genre et à la blanchitude ». Christian était un monstre à ses yeux. Elle l'avait rencontré un jour qu'elle souhaitait répandre de la peinture rouge sur le mur de la mairie. Il l'avait emmenée dîner et la jeune Agathe avait pu étendre le domaine de la lutte politique dans des terrains plus intimes. Ainsi se voyaient-ils souvent, elle le traitait d'escroc et lui, il l'aimait.

– Parce que ma mère n'a pas eu de temps pour me recevoir. Elle m'a dit que je devais m'annoncer. Elle m'a dit qu'elle avait une vie et qu'à mon âge je ne pouvais pas débarquer chez elle à n'importe quelle heure.

– Donc je dois dire merci à ta maman si on se voit cet après-midi ? Je te signale que j'ai des partiels demain et que je loupe mes révisions pour te faire plaisir. J'ai un copain qui est bisexuel. C'est un grand adversaire politique à toi. Je veux dire, il est encore petit, il est à l'UNEF, mais il voudrait bien se joindre à nous la prochaine fois.

– Et on prendra de la MDMA et on se fera des piercings ?

– Tu es ironique ?

– Oui.

– Pourtant le mois dernier, un plan à trois avec ma copine qui fait du théâtre de rue, ça te dérangeait pas.

– À trois avec deux femmes ça n'a rien à voir.

– Donc tu es homophobe.

– Non, c'est un choix citoyen. Je ne suis pas assez proche de vos idées pour fréquenter d'aussi près les représentants masculins.

Elle eut un argument imparable.

– Bah, t'es pas cool.

Lestrival s'assit sur le lit de la jeune femme. Au milieu des posters zadistes et d'autocollants hostiles à l'aéroport Notre-Dame-des-Landes, le maire de Nice eut un instant de déprime.

– Je ne vais pas bien, je suis désolé. Merenda revient et je flippe.

– C'est comme moi.

– Comme toi ?

– Oui. Dès que mon père est pas loin, je loupe tout. S'il est dans la pièce, je suis incapable d'écrire une dissert ou le moindre devoir.

– Heu. Non. Je regrette. La relation que j'entretiens avec Jacques Merenda n'a absolument rien à voir avec le rapport inhibant qui peut se développer entre une étudiante et ses parents.

– Tu es sûr ?

– Si tu commences à parler comme ma mère, Agathe, je m'en vais.

– Pardon, mon escroc chéri. Viens. Fais-moi un bisou. On fume un bédo ?

– 23 –

– Viens, on va chez moi te trouver un costume, proposa Bouchoucha. Après, on descendra au meeting. C'est dans le même bloc d'immeubles.

On avait sorti maître Sfar de la voiture un peu avant d'arriver au meeting. Ses camarades avaient pensé qu'il n'aimerait pas assister à sa première réunion d'un parti d'extrême gauche en chemise de nuit d'hôpital et en chaussons. La nuit tombait sur le quartier de l'Ariane qu'André Sfar connaissait bien. Francky Bouchoucha lui donna le bras afin qu'il s'extraie de la Supercinq Blue Jeans. Jacques Merenda dépliait son corps immense. Il sortit un cigare et l'alluma en tournant la tête en tous sens.

– Voilà un endroit de Nice où je suis rarement allé. Hé ! C'est mouillé par terre ! s'exclama le Niçois.

– Attention, André, fit remarquer Bouchoucha, il y a de l'eau partout. Zéphyrin, aide-moi, on va porter maître Sfar.

– Entre avocats il faut s'entraider, fit remarquer Zéphyrin, tandis que Garibaldi rebondissait d'une flaque à l'autre en jappant.

– C'est la montée des eaux, c'est ça ? demanda Merenda.

– Oui, répondit Bouchoucha. C'est ça tous les soirs. On dirait que ça monte surtout dans les quartiers pauvres.

– Tu as besoin d'y mettre de l'idéologie ? demanda Merenda. C'est que vous êtes près des rives du Paillon, c'est tout. N'empêche.

– N'empêche quoi ?

– N'empêche, je me demande bien d'où elle vient, cette eau. Je suis revenu du bout du monde à cause de ce problème.

– Parce que toi, tu penses que tu peux régler ça ? Tous les climatologues s'y collent et toi avec ta moustache et ton cigare, tu…

– Je ne prétends rien. Je dis juste que si ma ville prend l'eau, il est hors de question que je me trouve ailleurs.

Maître Sfar avait cessé de sourire. Dès l'instant que ses pantoufles s'étaient posées sur l'eau stagnante du parking de l'Ariane, il avait éprouvé une réelle tristesse. Comme si au lieu de lui mettre les pieds sur l'asphalte ses nouveaux amis l'avaient précipité dans un trou. Il avait donné ! Dans tous les domaines. L'hôpital n'avait rien de folichon, mais il avait profité de cette mort annoncée pour se mettre en ordre avec le monde. On lui offrait donc un chapitre supplémentaire. La poursuite lui avait plu. Emboucaner Lestrival et le voir en Segway. Se réconcilier avec Merenda. Ses amis le portaient à présent vers une entrée d'immeuble. Aucun graffiti n'abîmait les boîtes aux lettres puisque les dernières boîtes aux lettres avaient dû être arrachées trente ans auparavant. Ce n'était même plus du logement social, c'était Mossoul, c'était Homs. Ils passèrent devant un appartement dont la porte d'entrée faisait défaut. Un vieillard se pencha pour voir qui était là. Il entendit le chien et eut peur d'un nouveau gang. Garibaldi pissait partout pour la raison que d'autres clébards avaient fait de même à chaque étage. Il ne subsistait plus une seule lumière intacte. On n'avait même pas tenté d'actionner l'ascenseur tant il allait de soi qu'il ne servait plus à aucun voyage, ni vers les étages ni vers les caves. Sur le palier où vivait Francky Bouchoucha, une autre porte était grand ouverte. Francky salua. Un type vivait là avec un fusil et une énorme part de gâteau Savane de Papy Brossard sur la table.

– C'est charmant, fit remarquer maître Sfar, qu'un grand garçon comme ça ait encore le goût du quatre-quarts aux œufs.

– Bouchoucha expliqua à son vieil ami qu'il ne s'agissait pas d'un biscuit mais d'un énorme pain de stupéfiants. Maître Sfar se félicita qu'il s'agisse d'un pain de drogue et pas de Semtex. Bouchoucha lui fit remarquer qu'il y en avait également, mais pas au même étage de l'immeuble.

« La danse nous rend semblables. » Voilà la devise qui figurait au dos du survêtement qu'on prêta à maître Sfar. Même si l'on devait dorénavant militer très à gauche, ça ne lui convenait que modérément, d'aller écouter la parole politique sans revêtir ni veste ni cravate. Mais dans un monde où les grandes ambitions cèdent si souvent face au principe de réalité, il se dit que c'était mieux que la chemise d'hôpital. Au moins on ne verrait pas ses fesses. On lui mit également des baskets. C'est formidable les chaussures, dès qu'on vous met des savates de sport, la marche semble plus facile. On eût dit que Sfar avait rajeuni de dix ans. Mais il faisait toujours la gueule.

– André, si vous croyez qu'à moi, ça fait plaisir de venir dans ce quartier, murmura Merenda. Vous ne me croirez sans doute pas, mais ni du vivant de mon père ni pendant mon investiture, je n'ai mis les pieds ici.

– Moi si, monsieur le Maire, je suis venu à l'Ariane. Beaucoup.

– Parce que vous avez acheté de la drogue ? Des armes ? Vous avez fait des partouzes dans une cave, maître Sfar ?

– Non, monsieur le Maire, j'ai simplement été votre adjoint. Vous n'entendez pas, cette musique, Jacques ? Non ? C'est juste dans ma tête alors. Cela ressemble aux concertos sombres et interminables d'Angelo Badalamenti. Vous croyez que les cordes vous ont réellement fichu le bourdon. Vous vous dites, ça y est, j'ai traversé le tunnel, la lumière va arriver. Et soudain on vous balance les cuivres. C'est le seul, n'est-ce pas, Badalamenti, qui parvient à vous plonger dans la noirceur grâce à des cuivres. Il prend l'outil qui chez les autres apporte le soleil, et il en fait du goudron. Comme l'eau sur le parking. Elle est salée ? Ça vient de la mer ? Je ne sais pas quelle est votre opinion. Mais à mes yeux, cela revêt une importance, de savoir si la montée des eaux provient du fond du littoral ou plutôt de nos montagnes.

– Voulez-vous gérer Sfar ? demanda Merenda à ses compagnons. Je crois qu'ils lui ont donné trop de morphine. Peut-être Francky Bouchoucha peut-il aller demander un peu de pain à son voisin de palier, on le lui fait fumer et il nous lâche, maître Sfar, car bientôt je vais devoir prendre la parole devant ma nouvelle famille bolchevique de mes couilles alors j'aurais besoin, en quelque sorte, de profiter de mon havane, tranquille, un petit peu. De sorte que s'assemblent autour de moi les anges inspirateurs qui… depuis l'ère des Médicis, que dis-je… depuis sans doute qu'un comptoir grec s'est ouvert sur nos rives du nom de Nikaia… depuis… je veux dire depuis toujours, les Merenda sont l'aigle de nos collines. Maintenant je dois voir loin pour convaincre. Laissez-moi plisser les yeux. Ah, décidément, Hitler n'avait rien compris : ni à l'héraldique ni aux oiseaux. J'aime l'aigle rouge de Nice, perché d'une patte sur une colline et d'une patte sur l'autre. Il fume, il baise, il se fait sucer et il vous emmerde, et il revient, les pieds au-dessus des eaux. Alors Sfar, votre bourdon et votre Balajo…

– Badalamenti, monsieur le Maire. Les rares qualités qu'on a reconnues à David Lynch tiennent dans la musique de ses films. Je vous recommande d'y prêter attention.

Sfar tenta de lui dire qu'il connaissait l'Ariane. Parce qu'au moment où il avait été nommé adjoint, chaque membre du cabinet Merenda devait effectuer des permanences. Et lui, comme il était le nouveau, on l'avait nommé à l'Ariane. Ainsi ce natif de Sétif en Algérie s'était-il retrouvé face aux doléances et aux tristesses des habitants de l'Ariane… d'il y a trente ans. Cela avait-il changé ? Il y a trente ans tout le monde se fichait complètement de l'Ariane. Aucune banlieue parisienne n'avait eu à subir un tel abandon. Le quartier était peuplé exclusivement par des immigrés du Maghreb et des Gitans. Puisque personne ne s'occupait d'eux, ils étaient obligés de s'organiser. Monsieur Sfar, lors de sa permanence hebdomadaire, recevait des dames et des messieurs qui lui faisaient immanquablement la même demande : « Nous voudrions être relogés dans un quartier où il y a moins d'Arabes. » En les entassant dans les mêmes quartiers, on avait appris aux Maghrébins à haïr les Maghrébins. Il se rappelait les mamans qui souhaitaient que leurs gamins fassent des stages de foot ou de voile, ou qu'ils aient un lieu où se rendre pendant les vacances. Parfois, sans avoir conscience de la cruauté de la chose, les pouvoirs publics allouaient une dizaine de stages de sport à répartir entre… plusieurs centaines de gamins. Sfar se rendait là-bas un après-midi par semaine. Il avait toujours été ébloui par la gentillesse de la population. Face à des habitants victimes d'un racisme sanguinaire dès qu'ils mettaient un pied au centre-ville, et dont le quartier était laissé à l'abandon, il n'avait rien d'autre à offrir qu'une écoute bienveillante et des conseils inutiles. À chaque fois qu'il disait « Vous devriez faire appel à… », l'administration qu'il évoquait s'avérait inaccessible, ou débordée, ou bien inefficace. C'était l'époque où des bombes pétaient en Algérie par la faute du GIA islamiste. La France se croyait épargnée. Puis Sfar vit disparaître les emplois-jeunes dans les collèges et lycées, un peu avant que disparaissent les gardiens d'immeuble, les boulangers, les policiers de proximité. Ainsi les établissements scolaires cessèrent d'ouvrir leurs portes aux jeunes hors des moments de classe. Les CDI ne furent plus accessibles. Et pendant les vacances on n'avait plus accès à la cour de l'école. La mairie ne faisait rien pour cette partie de Nice car Merenda considérait que ni les Arabes ni les Gitans ne voteraient. Merenda n'avait jamais été raciste. Il s'en foutait, c'est tout. Si vous ne votiez pas, vous ne l'intéressiez pas. L'État ne faisait pas mieux, dans le quartier de l'Ariane. Nice payait le prix d'être gouvernée par un maire haï par Mitterrand. Ainsi et le préfet et l'État faisaient de leur mieux pour que les fonds publics s'arrêtassent à Marseille. Marseille chérie des Parisiens, Marseille chouchou. Aussi les MJC et autres lieux subventionnés avaient-ils fermé les uns après les autres. Il était resté quelques clubs de théâtre ou d'expression musicale. Ils avaient vite fermé aussi. Sans doute parce que des jeunes sauvés du grand banditisme par le mirage islamiste avaient décrété que les jeunes femmes ne devaient plus s'y rendre. Voilà. Sfar était venu à l'Ariane pour sa permanence il y a trente ans. C'était déjà ainsi. Politiquement, à l'époque, la gauche n'y allait pas. La droite non plus. Seul le Front national tentait de conquérir le quartier. Cela avait donné des scènes cocasses, au cours desquelles des militants FN retraités de l'OAS allaient prendre le couscous chez l'habitant. Sfar avait eu ses premiers doutes en ce qui concerne l'avenir de la Ve République le jour où il avait entendu un vieux monsieur de Sidi Bel Abbès dire à son visiteur FN : « Il a raison, monsieur Le Pen, ils nous font chier tous ces bicots. » Le Front national a un discours si bien rodé qu'il parvient à faire croire à chacun que l'Arabe, c'est les autres. Aujourd'hui, en plus, il y avait de l'eau. Au milieu de ça, son vieux copain Bouchoucha qui continuait de diriger son club de danse.

– C'est au club de danse, ton meeting ? demanda André.

– Mon empire immobilier ne s'étend pas au-delà, répondit Bouchoucha.

– C'est joli, comme idée.

– Attends de voir la gueule de Plenel, on parlera de beauté après.

– Sfar, demanda Merenda, que vouliez-vous me dire, au sujet de ce quartier ?

– Rien, monsieur le Maire. C'est une musique qui joue depuis longtemps, et pour ainsi dire, vous vous préoccupez de ce concert alors que le troisième acte est déjà bien entamé.

– Sfar si vous avez pris de la drogue, vous le dites et je comprendrai mieux.

– Simplement, monsieur le Maire, j'ai une grande mémoire des visages. Je suis venu ici pour votre compte il y a bien longtemps. Je me souviens de toutes ces dames et de tous ces messieurs que je n'ai jamais pu aider, car hormis mon sourire j'avais les mains vides, quand on m'asseyait dans notre permanence de ce quartier. Monsieur le Maire, je veux dire que l'eau monte depuis longtemps. Je me demande ce qu'il est advenu de tous ces gens dont j'étais devenu l'ami. Je vous ai dit, déjà, que même si je ne pouvais absolument rien faire pour les aider, ils passaient leur temps à me donner des cadeaux, à m'inviter à manger chez eux et à me remercier ?

– Ah, vous allez chialer en plus ? Vous êtes couille molle comme votre fils ou quoi ? Vous trouvez pas qu'elle monte assez, l'eau, en ce moment ?

– Pardon, monsieur le Maire. C'est le quartier de Nice où on m'a le plus remercié. Et aujourd'hui encore, je me demande toujours pourquoi. En tout cas, monsieur le Maire, ne laissez pas dire qu'ici on n'aimerait pas les Juifs, ou qu'on n'aimerait pas ceci ou cela. Ici, je n'ai toujours rencontré que de la bienveillance, au milieu de la merde. Alors si vous trouvez dans ce quartier des pensées de haine, dites-vous qu'il s'agit d'un produit d'importation récente.

– À ce propos, venez, on va être en retard pour Plenel.

– Vous connaissez Edwy Plenel, monsieur le Maire ?

– Figurez-vous, cher André, que je me tiens au courant et des beaux parleurs et des gens qui portent moustache, car j'y vois, pour ainsi dire, au mieux de la concurrence, et au pire, de la contrefaçon.

– 24 –

La soirée commençait mal : Tariq Ramadan n'était pas venu. Nice ne devait pas être du côté de son projet d'évangélisation. Le petit cirque habituel du débat, dans le cadre duquel l'un des deux saints défendait le fondamentalisme éclairé tandis que l'autre faisait de son mieux pour promouvoir un marxisme ressuscité sur les fonts baptismaux du communautarisme, ne pouvait pas fonctionner. Edwy Plenel se trouvait donc seul en scène, à jouer son propre rôle en même temps que celui du théologien hypnotiseur en costume. Face à lui, la salle de danse était aux trois quarts pleine. Les portes restaient ouvertes vers le parking. Dehors on avait dressé des stands où l'on vendait diverses nourritures, pour rassasier le ventre et l'âme. Ne sachant à quel nouveau saint se vouer, un libraire avait mis sur le même étal des manifestes des Frères musulmans, les Mémoires de Lénine, un éloge du panarabisme et des cassettes des chants de guerre du Hamas.

Garibaldi fut heureux de constater qu'il n'était pas le seul clébard. Mais par respect pour les débats, ceux des militants qui avaient amené leur chien attendaient dehors. On assistait ainsi à d'étranges fraternisations, grâce aux bêtes. Un ancien CRS parlait régime viande crue contre croquettes avec un jeune homme en survêtement couvert de chaînes et de médailles de rap. L'un avait un rottweiler et l'autre un american staffordshire terrier aux yeux bleus. Chacun parlait de son « petit loulou », façon un peu édulcorée de désigner les machines à tuer qu'ils traînaient au bout d'une laisse. Garibaldi se jeta sur les deux clébards. Le staff et le rott se croyaient fortiches. Leurs maîtres aussi. Les quatre merdeux (j'inclus les chiens avec leurs détenteurs) tentèrent de tout faire bien comme avaient dit leurs dresseurs respectifs. Couché pas bougé, mords, immobilise, hop ! Prends la boulette ! Gaffe à ta proprioception toutou, attation ! Attation attaque ! Mords, couché-papatte ! Tu parles ! Garibaldi avait tâté du crocodile. Il n'aboyait pas. Il ne grognait pas. Il ne prévenait pas avant d'attaquer. C'était un salopard efficace et imprévisible. Il avait effectué un plongé glissant sous le rottweiler, il l'avait saisi à la patte arrière et il ne lâchait rien. Merenda arrivait très très doucement. Il ne voulait pas que ça s'arrête. Il aimait bien. Non pas les combats de chiens, car il respectait et les bêtes et leur intégrité physique. Mais d'une certaine façon, au foot comme en politique comme partout, il aimait voir gagner sa famille. Ramadan aurait compris cette logique-là, lui qui découpait le monde entre ceux de son obédience et ceux qu'il fallait soit convertir soit détruire. Mais ce qui incitait Jacques Merenda à considérer un être comme faisant partie de sa harde n'avait rien à voir avec l'appartenance religieuse. Il fallait lui avoir, comme à Palerme, baisé la main. Là ou d'autres pensaient Oumma ou Soviet, Merenda pensait « Famille ». Ce n'est pas moche, la Mafia, c'est tout ce qu'il nous reste quand Paris nous abandonne. C'est le lieu où, lorsqu'on a besoin d'une chose, on la demande à la personne qui est là pour de vrai et qui à défaut d'aider saura un peu écouter. Attention, Merenda aimait ce système, mais Merenda n'était pas de la Mafia. Il connaissait le crime organisé. Il voyait cela comme un parti politique, un peu distinct des autres, mais sans lequel gouverner s'avère impossible. Voilà. Exactement la même chose que l'extrême droite. C'est un gros tas de merde, mais c'est pas parce qu'on va faire comme s'il n'existait pas qu'il va se mettre comme par magie à cesser d'exister. Voilà exactement ce qu'André Sfar avait toujours refusé de comprendre : quand il y a deux chiens qui t'attendent la bave aux lèvres, tu peux te raconter ce que tu veux, mais s'ils ont décidé de te mordre, il vaut mieux t'y préparer. Tu peux regarder ailleurs, tu vas retarder l'attaque, mais ils finiront quand même par te mordre. Oui, il vaut mieux finalement leur rentrer dans la gueule avant qu'ils portent le premier coup. Orde Wingate disait cela, non ? La meilleure défense, c'est la contre-attaque. Et la meilleure des contre-attaques, c'est la riposte préventive. Vas-y toutou !

L'eau stagnante qui recouvrait le sol donnait à Garibaldi un avantage décisif, car son bayou natal l'avait habitué aux terrains glissants. La patte arrière du rottweiler du flic craquait comme un os de poulet sous les crocs du bull-terrier que sa courte taille rendait difficile à attraper par son immense ennemi. Le staff aux yeux clairs voulut à son tour s'en prendre à Garibaldi. Le rottweiler, qui possédait les mêmes a priori que son maître au sujet des chiens de dealer, ne comprit pas ce geste de solidarité. Aussi attaqua-t-il le staff, alors que c'était un bull qui lui cassait littéralement la patte. Il le serra au cou. Les staffs sont trop bien dans leur tête pour se battre comme il faut. Un pit aurait peut-être gagné. Pas un staff. Pour certaines guerres, il vaut mieux des soldats malades de la tête. On proposa de l'argent à Merenda en vue de la victoire possible de son chien. Il refusa obstinément car il était contre les combats de chiens.

– Ce n'est pas un combat. Ils se présentent. Il faut les laisser décider entre eux qui est le chef. C'est un moment essentiel dans la rencontre de plusieurs chiens. À nos yeux il s'agit de violence aveugle, mais pour eux, c'est une simple discussion. Si ça se passe bien, selon les lois de la nature, bientôt ils seront calmes et ils ne se disputeront plus jamais.

Grâce aux vertus et de la discussion et des lois de la nature, le calme revint bientôt sur le parking attenant au club de danse : le rottweiler avait la patte arrière brisée, quant au staff aux yeux bleus, il n'avait pas eu le temps de se défaire des mâchoires du chien de flic que Garibaldi lui avait tout simplement croqué les roubignoles.

– C'est mal, dit Merenda en agitant l'index.

Les deux chiens de Nice pleuraient silencieusement. Garibaldi les ignorait, il les avait vaincus ; à ses yeux, les deux bêtes n'existaient plus.

– Je vous demande pardon. Dans les manuels on explique que les bull-terriers ne cherchent jamais la bagarre. Gageons qu'un regard a dû être mal interprété. Ou bien c'est son éducation. On minimise toujours le pouvoir des premières années d'école. Songez que j'ai arraché la pauvre bête à un élevage de crocodiles.

Le dealer faisait la tête. Le CRS retraité aussi. Jacques Merenda sortit une liasse de billets.

– Tenez, pour les frais médicaux.

Il le regretta aussitôt. « Attention, c'est de la psychologie élémentaire, se sermonna Merenda, oh je suis rouillé. J'aurais proposé du blé à n'importe lequel de ces deux fils de pute s'ils avaient été seuls, ils auraient accepté et m'auraient torché le fion à coups de langue pour en avoir encore que j'aurais plus eu besoin de papier-cul pendant un mois. Mais là, ils sont en public. Mais surtout, là, ils sont deux. Pris séparément, ni le flic ni le dealer n'ont la moindre espèce de code d'honneur. Mais l'un face à l'autre, ça se prend pour madame la baronne de Rotschild. "Alors non, mais comment, moi je ne mange pas de ce pain-là". »

Ouille !!! Merenda prit une mandale. Il ne s'y attendait pas. Il pensait trop. Son cigare avait valdingué et ses lunettes aussi. Sfar se mit en garde et malgré sa tenue de sport, manqua de tomber. On a beau avoir été un cador, lorsqu'on sort depuis trois heures des soins palliatifs, on fait bonne figure mais ça ne va pas au-delà. Zéphyrin se demanda ce qu'aurait dit son épouse si elle l'avait vu, à l'heure où il faudrait être chez soi à faire réviser les enfants, se mêler à une bagarre de rue en compagnie de l'ancien maire de Nice. On n'a pas assez décrit le théâtre des opérations : à l'Ariane, un meeting politique ressemble à un poème de Henri Michaux au sens que les exhalaisons entre le dedans et le dehors s'y font constantes. La salle reste ouverte. La population effectue une ronde entre les débats, les stands et les sandwiches. On n'est pas « dedans » ou « dehors ». On est « au » meeting. Et selon cette vieille loi d'Alger selon laquelle les bâtiments risquent de s'écrouler si l'on n'y fait pas attention, beaucoup d'individus ont pour activité politique principale de tenir le mur. Ici, les murs s'avéraient très bien tenus. C'est-à-dire que des types et des dames les tenaient, et de l'extérieur et de l'intérieur. Vous connaissez le coup du citron ? Un gars se frotte contre vous, madame, oui vous sentez très bien son enthousiasme. Mais lorsque vous le lui faites remarquer, il vous dit, jouant les dignités outragées : « Non, c'est un citron que j'ai acheté au marché. » Et alors il sort un citron de sa poche, vous le laissez partir. Et bien plus tard, lorsque vous trouverez, grand comme une carte de l'Australie, son hommage, du sperme sur votre jupe, vous n'aurez qu'à vous imaginer que c'est du Tropicana. C'est à peu près ce que fit Jacques Merenda lorsque le dedans du meeting cessa d'exister au profit du dehors. À force de cogner les flics, leurs chiens et le jeune vendeur de stupéfiants en costume de rap, Merenda et ses amis étaient parvenus à offrir un spectacle plus réjouissant que la conférence de monsieur Plenel. Qui se retrouvait seul dans la salle. Il finit par en sortir. Tout son public potentiel se massait dehors, à regarder Merenda. Il avait un coquard. Il se marrait. Bouchoucha avait joué des pointes et des entrechats. Sfar riait et se disait que Badalamenti ça va un moment, Ennio Morricone, c'est mieux. Zéphyrin avait un sourire qui ne lui était pas venu depuis de longues années, comme lorsqu'un match de foot se déroule particulièrement bien et que l'on voudrait étreindre chaque joueur pour le remercier pour le show. Tout seul, par la faute de mauvais souvenirs d'une jeunesse niçoise dans le cadre de laquelle un Noir était autorisé à entrer plus souvent en garde à vue qu'en boîte de nuit, il n'aurait jamais osé frapper un flic. Mais puisque c'était pour ainsi dire un mouvement de défense conjoint et de l'ancien maire et de l'avenir de la gauche, son poing y était allé avec entrain. Et puis il avait loupé Bob Denard, avant. Il n'avait jamais pu réellement se venger des exactions vues au Bénin pendant sa toute petite enfance, et commises par des mercenaires français. Donc voilà, Zéphyrin avait cassé du CRS.

– Puis-je savoir ce qui se passe ? demanda Edwy Plenel, courroucé de devoir quitter un instant le monde des idées.

– Vous savez ce que répondait Serge Gainsbourg dans pareille situation ? lui rétorqua Jacques Merenda.

– Je rêve ou vous êtes le sosie de l'ancien maire de Nice qui est parti avec la caisse ?

– Je rêve ou vous êtes l'individu qui a fait Sciences Po la même année que Christian Clavier et François Hollande, et qui, déjà à l'époque, dénonçait ses petits camarades ?

– Monsieur, si vous voulez et un article et un procès, je vais m'y mettre et vous renvoyer illico d'où vous venez, en Amérique je crois.

– Du Sud, si vous permettez. Mais non je n'y retourne pas. Monsieur Plenel, quand Gainsbourg défonçait un hall d'hôtel avec ses musiciens et que le gardien de nuit le surprenait à 5 heures du matin le cul dans le champagne et avec, entre les dents, le tapis émeraude déchiré de la table de billard, Serge Gainsbourg répondait : « C'est pas notre faute, monsieur, on est jeunes, on déconne. » Eh bien, vous voyez, à mes yeux, malgré le respect que j'ai pour cette profession, vous ne valez pas mieux que le gardien de nuit que je viens d'évoquer.

– Vous êtes ivre, manifestement, en plus. Je ne comprends rien à votre charabia. Je retourne à ma conférence et si vous faites le moindre bruit…

– *Brrrrrr*… frissonna Jacques Merenda.

– *Brrrrr* quoi ? demanda Edwy Plenel.

– *Brrrr*… Je tremble à l'énoncé de ce que vous risquez de me faire.

Plenel ne répondit rien et retourna dans la salle. À regret, comme si l'instituteur avait sonné la fin de la récré, une partie de l'assemblée le suivit. Jacques resta un peu dehors. Avec ses amis. Avec le gros du public. Avec aussi les deux types contre qui il venait de se bagarrer. Après quelques secondes de silence, ils se regardèrent. Puis ils se mirent tous à se marrer. Comme s'ils avaient réussi un sale coup au nez et à la barbe de l'autorité. Quelle espèce d'autorité pouvait bien représenter Edwy Plenel ? Quatre ou cinq personnes blanches, manifestement catholiques et pas très bien habillées, passèrent la tête depuis l'intérieur de la salle, en fronçant les sourcils. Merenda se réjouit à haute voix que l'on compte des paroissiens, ou des militants du Mariage pour tous, au sein de Front de gauche. Un peu gêné, Bouchoucha lui expliqua à l'oreille à quel point il se trompait :

– Jacques, ces quatre-là sont importants, ce sont les cadres du Parti. C'est, d'une certaine façon, le comité central de la cellule niçoise. C'est eux que tu dois convaincre.

Merenda rit beaucoup en constatant que pratiquement les seuls Blancs de la section niçoise du Front de gauche étaient les chefs. Ceux-là gouvernaient en faisant usage de l'ordre que depuis toujours ils conspuaient : ils jouaient sur l'obéissance de la population. On apprend ça à l'école, au régiment, puis en prison. On vous met un Edwy Plenel, et vous faites ce qu'il dit. Bizarrement, quand on naît pauvre, on ne se demande jamais pourquoi on accorde à ces monosourcils une telle autorité. On ne se rend pas compte que finalement, ils pratiquent exactement ce que font depuis deux mille ans les curés : nous mener à la baguette. Leur pire ennemi n'a jamais été, quoi qu'ils en disent, ni la religion ni la droite, dont ils empruntent tous les tics, leur ennemie, c'est la liberté. Si on était Léo Ferré, on dirait l'anarchie. Merenda représentait cela, peut-être.

– Ou peut-être, c'est juste un con égoïste, murmura Bouchoucha à son ami Zéphyrin.

– Peut-être, cher Francky, répondit l'avocat, mais je dois t'avouer que je ne regrette rien de ce que j'ai vécu aujourd'hui. Je suis à Nice depuis longtemps, mais je ne m'étais jamais autant amusé.

– 25 –

Christian Lestrival avait garé son Segway dans la cour de la mairie. Son téléphone ne cessait de sonner. Divers collaborateurs lui firent savoir que son gymkhana en monoroue n'était pas passé inaperçu. Il était rouge de colère à cause de Merenda. Il ne souhaitait pas s'alourdir la tête d'autres informations. Il traversa en trombe le hall et Maguy l'attendait à l'entrée de son bureau. Elle souhaitait être la première à lui parler. Parce que apprendre d'un coup que son parcours avait été twitté et instagrammé et facebooké par tous les partis d'opposition, ça n'allait pas être drôle. Il fallait le ménager, monsieur le maire. On ne lui dirait pas tout de suite que cette marque, Segway, partenaire honorable des circuits de police et de tourisme dans l'agglomération niçoise, venait de donner naissance à un hashtag que seuls les locuteurs de patois nissart pourraient apprécier comme il le méritait #LESTRIVALSETAPELASEGUE. Un usager parisien de Twitter ou Instagram ou Facebook n'aurait sans doute pas compris immédiatement le sens de cette expression du Sud, « se taper la sègue », mais lors de son émission de fin d'après-midi, Cyril Hanouna et ses chroniqueurs s'étaient chargés de traduire en langage d'oïl cette locution provençale. Comme quoi la télévision privée peut parfois aussi diffuser des contenus instructifs.

Maguy attendit pour rien. Monsieur le maire ne monta jamais les marches menant à son bureau ce soir-là. Il descendit vers la Batcave, soit la partie la plus profonde du parking, celle où il gardait ses motos. Tout à l'heure, il n'avait pas eu le temps. Il lui fallait à présent se rassurer et sur sa stature et sur sa virilité en serrant les cuisses autour de la selle ferme d'une vraie motocyclette d'homme. Il possédait une moto japonaise en acier noir brossé qui avait été entièrement fabriquée à base de pièces issues d'avions furtifs américains des années quatre-vingt. Cela n'avait aucune espèce d'importance tactique puisque des radars antiaériens n'auraient jamais à localiser la moto du maire de Nice, mais lorsqu'on a de l'argent on s'en sert. Lestrival, et il avait raison, laissait volontiers à Sarkozy les montres et autres hochets. Lui, il faisait à la fois du cheval et du boulet de canon. Hop ! Hue bijou ! Sans enfiler ses gants, car il souhaitait que ses mains souffrissent au contact et des commandes et du vent qui les grifferait bientôt, il régla toutes sortes de salmigondis pivotants. Des tuyères se mirent à rougir sous l'effet de terminaisons à rotation concentrique. Coriolis et Zéphyr devaient sourire de là où ils étaient lorsque, dans un grand vent, la moto se cabra puis fila vers l'air libre, Christian Lestrival, sans casque, avait besoin de rouler.

Il déboula devant le casino Ruhl. Il fit fumer l'asphalte face à l'hôtel Méridien. Et sa cravate claquait dans l'air comme un drapeau corsaire. Et son sourire contre lequel allèrent se suicider d'innombrables moucherons aurait fait envie à n'importe quelle électrice. Il passa devant le Mississippi. Vous ne connaissez pas le Mississippi ? C'est comme « taper la sègue », il faut être de Nice. Le Mississippi, c'est là qu'on va lorsqu'on a passé trop de temps en prison et qu'on souhaite se dégorger le poireau dans n'importe quelle personne bien disposée, fût-elle cacochyme, et sans répugnance ni pour les dentiers ni pour les prothèses de hanche. Cet établissement fera, à n'en pas douter, l'objet de plus amples analyses à l'occasion de prochaines aventures du Niçois. Pour l'instant, Lestrival se trouvait au feu rouge et jouait des poignées de gaz.

Pour la première fois de cette interminable journée, Lestrival jeta un regard sur sa ville. Il remontait la promenade des Anglais. Putain c'est beau. Je ne m'en rappelle qu'au coucher du soleil. C'est ma ville. C'est chez moi. Je vais profiter de ce bref moment pour passer efficacement. Vite, une idée avant que n'arrive le générique de l'ourson Colargol, dont l'interprétation magistrale, par Mireille du « Petit Conservatoire », a marqué les générations, à Nice comme ailleurs. D'ailleurs je viens d'apprendre que Mireille est morte. Non seulement je suis triste pour elle, mais cela m'a fait réfléchir, que cette femme qui a fait débuter Georges Brassens et qui était son aînée lui ait survécu aussi longtemps. Ah ! comme il est cruel le statut du citoyen mâle, qui dispose de si peu d'années pour établir son règne, sans que Merenda ne vienne lui ôter le pan-bagnat de la bouche.

À regarder défiler les poitrines en silicone dans les Hummer décapotables, les Renault Alpine et les Golf GTI qui se succédaient du Negresco à Magnan, Lestrival mesura comme certaines occasions ne se représentent pas. Tout tombe si vite. C'est ainsi. Parfois on a un bref moment pour agir, sinon on paie pendant des années. Il eût fallu noyer le petit Hitler dans la Vologne dès la première fois où il planta des aiguilles dans les yeux d'une vache. Dès la première fois où le marquis François-Henri de Virieu invita Jean-Marie Le Pen, il aurait fallu agir soit contre le gros borgne, soit contre l'enflure qui lui a si souvent ouvert les portes de son plateau télévisé, car, à laisser faire, on a dû subir trente ans de cette nuisance néofasciste qui a détruit le bel élan libéral atlantiste des droites françaises. Qu'il était beau le temps d'avant Le Pen où l'on pouvait côtoyer Papon et applaudir la gégène sans se faire traiter de nazi ! Imaginez qu'au premier jour où Tariq Ramadan a décidé de venir en France évangéliser les infidèles et les peu fidèles, on lui ait indiqué, comme aux USA, qu'il n'était pas bienvenu sur notre territoire. Imaginez la paix civile sans lui. Voilà. Merenda c'est pareil.

– Hé, Tape la sègue, tape-toi la sègue, brailla un automobiliste qui venait de baisser sa vitre tandis que monsieur le maire allait s'engouffrer dans le tunnel de Magnan.

– Lestrival ne comprit pas la référence. Il n'était pas allé sur les réseaux sociaux. Il avait juste la certitude absolue que c'était aujourd'hui qu'il fallait agir contre Merenda. « Si, par un moyen ou un autre, il parvient à mettre le Front de gauche dans sa poche, ça fera boule de neige. Je ne sais pas encore pourquoi, mais je la pressens. Je la vois grosse comme la serre aux iguanes du parc Phœnix à l'Arénas, la boule de neige. Ils sont tellement désespérés, les cocos. Dix ans qu'ils se font baiser par Mélenchon qui a l'air autant de gauche que moi. Et je sais, car je les ai pratiqués tous les deux, que Merenda, c'est Mélenchon fois mille. Si je laisse faire Merenda, il va la leur mettre tellement profond, sa main secourable, que ça va ressortir par la bouche, et il pourra faire les marionnettes de Lyon. Ça va plus s'appeler le Front de gauche, leur groupuscule, ça va devenir la Fistinière Merenda, et à partir de là, l'œdème va croître. Je la vois venir, la boule de neige, et je dois la faire péter pas plus tard que tout de suite. »

– 26 –

– Maman !

– Pitchoun, je te l'ai dit combien de fois de pas débarquer chez moi sans me prévenir avant ?

– Hé, maman, je suis ton fils, alors prends tes responsabilités. Je risque ma mairie, là, alors tu m'aides.

– Monte. Mais pas longtemps.

– C'est bon, on le saura que t'as un mec.

– Christian, tu ne cries pas ainsi dans la rue ! Tu montes, mais c'est pour te faire laver la bouche au savon ! On n'a pas idée de dire de telles grossièretés ! Mais qu'est-ce que j'ai fait à la Vierge pour avoir un enfant pareil ? Tu descends de ta moto, et tu viens.

– Oh ça va, pardon, si j'ai plus le droit de faire des blagues.

Il avait gardé cette habitude, de haranguer sa maman depuis le parking à motos, en bas des fenêtres de l'appartement familial, sur le boulevard Victor-Hugo. Autour de lui tapinaient les plus vieilles putes de la Côte d'Azur.

Elles le connaissaient depuis très petit et c'étaient sans doute les seules électrices dont il acceptait qu'elles l'appellent Pitchoun.

– Monsieur le Maire Pitchoun, d'abord tu parles mieux à ta maman.

– Oui, Josiane.

– Et aussi tu te gares mieux parce que là tu prends deux places, et moins les gens se garent, moins on travaille, ici. Déjà qu'avec la concurrence…

Les pauvres. Elles s'étaient fait piquer le boulot par des prostituées involontaires. Des gamines en dessous de l'âge légal, emmenées sur les trottoirs de l'aéroport par des tontons du Sénégal ou d'Albanie. Elles, rue de France, travailleuses niçoises, elles avaient dans les soixante ans en moyenne. Elles faisaient épicerie fine, psychiatre et un peu curé, avec la même clientèle depuis Marthe Richard. Parfois elles parvenaient à attraper un jeunot. Elles l'aidaient à faire son créneau. « Marche arrière à gauche, tourne, tourne, tourne, voilàààà, maintenant recule. C'est rien. Voilà. Bonne journée. » Alors, de temps en temps, lorsqu'il ne connaissait pas la ville, un client faisait ainsi confiance aux spécialités ancestrales niçoises. S'il n'y avait vraiment pas de boulot, Christian Lestrival leur trouvait des emplois de réceptionnistes dans des officines municipales, postes auxquels elles se montraient d'ordinaire plus habiles que les employés légitimes. Monsieur le maire fit la bise à ces dames et monta chez sa mère.

– Maman, dis-moi le numéro de Grosneuneu, je dois lui parler.

– Grosneuneu père ou Grosneuneu fils ?

– Le père, il est mort, non ?

– Il est pas mort ! Il s'est présenté avec Dupont-Aignan aux dernières législatives.

– Oui, donc il est mort. Non. Le fils.

– Christian. Qu'est-ce que tu as en tête ? Je suis en très bons termes avec madame Grosneuneu puisque nous dirigeons ensemble l'association des mères admirables pour les pupilles de la Nation de Serbie et les amitiés franco-syriennes, mais le fils… Christian, celui-là, tu le laisses où il est. C'est un gosse. Ça va lui passer.

– Maman, pardon, je n'ai pas le temps. Dis-moi juste où le joindre.

– 27 –

Edwy Plenel voyait la salle se remplir enfin. Il sentait monter du chahut. Il se mit à dévisager toutes ces têtes qui lui semblaient étrangères, comme un prof en début d'année. Pas étrangères à cause du voile ou des tas d'origines de chacun. C'est la présence de Jacques Merenda et de sa petite troupe qui créait une sorte de déséquilibre. Merenda se mêlait aux spectateurs. L'espace d'un instant, Edwy Plenel leur vit à tous les moustaches de l'ancien maire de la ville.

Les représentants locaux du Front de gauche firent quelques bruits de bouche et cognèrent sur leurs pupitres à l'aide de règles d'école pour obtenir le silence.

– Camarades, commença Plenel.

– Haha ! fit Merenda.

– Ça vous fait rire ?

– Pardon, promis, je vais être sage. C'est juste le plaisir.

– De quoi ?

– Je ne pensais pas qu'un jour vous m'appelleriez du doux nom de camarade.

– Monsieur Merenda, mon « camarades » ne s'adressait pas à vous.

– Vous m'excluez de l'assemblée ? Ne me dites pas que les moustaches sont interdites dans vos meetings car je me verrais forcé de vous signaler que vous donnez un bien mauvais exemple dans ce domaine.

Les représentants du Front de gauche se levèrent et firent de grands mouvements de l'index. La gauche n'avait pas une réelle importance à ce moment. Il était question d'un visiteur important qui venait de Paris, Edwy Plenel, et on devait le laisser pérorer. Oui, car même après avoir passé vingt ans en Amérique du Sud, on reste le Niçois. Et lorsqu'un ponte « descend » de la capitale, on est tenu de l'écouter. Merenda connaissait cette loi, c'était la même du temps du RPR.

– Bien. Si l'assemblée et les agitateurs qui s'y trouvent sont disposés à faire silence, je vais entamer ma discussion.

Plenel tapotait sur son bureau. À Paris, les élèves écoutaient mieux. Ici, on avait beau froncer les sourcils, le chahut ne cessait pas.

– Est-on autorisé à participer un peu à la discussion ? demanda Merenda.

– Vous allez la fermer ! Je devais discuter avec le docteur Tariq Ramadan afin qu'il nous instruise. Cela devait procéder de façon naturelle et dialectique, c'est-à-dire que lui et moi aurions défendu des points de vue opposés.

– En apparence…

– Oh fermez-la, merde ! Lui aurait parlé pour Dieu, et moi pour la Révolution, et notre échange aurait éclairé le peuple.

– C'est la lumière zénithale.

– Merenda, bordel, taisez-vous, ou je vous exclus.

– Je dis juste que c'est curieux que même dans les masses populaires de gauche vous continuiez à vouloir accrocher vos lampes au plafond, et illuminer tout le monde du dessus, en espérant que le « tout le monde » ferme sa gueule et dise merci. Vous voyez, si j'avais été architecte d'intérieur, j'aurais mis une petite lumière sur chaque pupitre. D'autant que je ne voudrais pas raconter la fin du film, mais vous êtes encore là pour tous nous traiter de musulmans, c'est ça ?

– Non. Pas du tout. Je n'étouffe pas la voix de mes camarades citoyens. Je synthétise leurs idées. Je les aide à s'exprimer. Sans moi, on croirait encore que le voile islamique est un reliquat de religions patriarcales. Or le voile n'a RIEN de religieux, c'est un étendard antilibéral. C'est pas moi qui le dis, c'est le peuple dont je suis le porte-voix.

– Qu'est-ce que je disais, il va encore nous réduire à notre identité musulmane.

– VOTRE identité musulmane, monsieur Merenda ?

Tout le monde commençait à rire dans la salle. Francky Bouchoucha n'était pas certain d'avoir bien fait d'emmener son ami Merenda à ce meeting. La moustache de Plenel effectuait des mouvements d'anémone de mer, indépendamment de la volonté de son propriétaire.

– Monsieur Plenel, s'écria Merenda en prenant par l'épaule deux réfugiés syriens, je ne vous autorise pas à décider qui parmi nous est musulman ou ne l'est pas. C'est une manie, depuis Sarkozy, de s'adresser aux « musulmans de France ». Non mais ! Est-ce que je vous traite de « chrétien de France », moi ?

Les poils de moustache du patron de *Médiapart* battaient comme les piques d'un oursin sur la défensive.

– Merenda, si vous me mettez dans le même sac que Sarkozy, ça va mal aller.

– Monsieur Plenel, nous tous qui sommes là, on est venus vous dire qu'au quotidien on est dans la merde, et que notre religion, ça nous regarde, alors arrêtez de nous englober là-dedans.

– Oui ! Parfaitement ! entendit-on dans la salle.

– Mais, Merenda, zut ! Vous êtes con ou quoi ? Je m'en fous, de l'islam, vous entendez, je m'en fous ! Ce qui m'excite, c'est le voile…

– Vous vous rendez compte ? Ce type vient de Paris pour nous dire en pleine face qu'il s'en fout de l'islam ! Non mais c'est qui ce Parisien ?

Une saine colère monta de l'assemblée. On parla de vengeance, d'honneur, de couilles en ch'tétra.

– Ouais ! C'est vrai ! C'est qui ? I's prend pour notre mère ?

Ne parvenant à rien obtenir de la salle, Plenel remit de l'ordre dans sa moustache.

– Merenda, vous sortez ou…

– Ou quoi ? Monsieur Plenel, je suis un Arabe comme les autres, j'ai le droit d'assister à une réunion publique sur l'avenir du quartier de l'Ariane.

– Voilà, fit Plenel en baissant la moustache. Camarades, vous êtes encore confrontés au clientélisme qui a fait le succès de ce triste personnage. Corse avec les Corses, pied-noir avec les pieds-noirs, arabe avec les Arabes, mais en fait, Jacques Merenda n'est rien, c'est juste une sorte d'avocat véreux qui embrassera toutes les causes, pourvu qu'elles avantagent sa petite personne.

– Pas ma petite personne, connard, ma grande ville, et maintenant je vais te casser la figure.

Merenda venait de se lever. Il retroussait ses manches. Maître Sfar riait Beaucoup. Francky Bouchoucha beaucoup moins.

Le flic à la retraite et le garçon en survêtement demandèrent si Jacques Merenda voulait de l'aide pour se battre contre Plenel. Le Niçois fut vexé par cette sollicitude. Il expliqua en mots choisis qu'il savait encore se torcher lui-même. Edwy Plenel demanda si l'on disposait d'un service de sécurité pour mettre ce type dehors. Le service de sécurité, composé de gens qui aimaient la bagarre, demanda si l'on ne pouvait pas assister d'abord à une scène de violence, puis ensuite expulser le perdant.

– Sauvages ! C'est une ville de sauvages ! s'écria Plenel.

– Si vous partez, vous perdez la gueule, fit Merenda en souriant.

– Non. Je regrette, on ne mesure pas les qualités d'un penseur à sa capacité à fiche des pains dans la figure.

– À Paris peut-être, monsieur Plenel, mais ici, comme vous dites, règne un certain équilibre entre l'esprit et le corps. L'influence grecque, sans doute.

Les représentants du Front de gauche s'en prirent à Francky Bouchoucha en lui demandant s'il était responsable de ce bordel. Francky ne savait pas quoi dire.

– Je demande juste un match de catch dialectique, proposa Merenda, parce que j'aime Nietzsche.

– Je regrette, fit Plenel, Nietzsche n'est pas de droite.

– Je propose qu'on s'écarte, qu'on forme une sorte de ring, et qu'en un certain nombre de rounds monsieur Plenel et moi échangions un coup des baffes, un coup une idée. Vous êtes trop jeunes pour vous en souvenir mais de mon temps, l'ORTF diffusait une émission qui s'appelait « La Tête et les Jambes » et dont la succession d'épreuves physiques et mentales permettait de divertir et d'éduquer chacun.

La foule s'écarta du centre de la salle de danse. Plenel vivait ça comme un mauvais rêve. Quelques instants après, il se trouva seul face à Merenda sur un ring improvisé. Voyant que personne n'occupait ce poste, Zéphyrin s'approcha pour jouer les arbitres.

– Messieurs, fit Zéphyrin, ceci est un match à la loyale : pas de coups dans les parties basses et aucune citation d'auteur que personne n'a lu, tenez-vous-en aux idées. Monsieur Plenel, quelles idées allez-vous défendre ?

– Eh… Je vais tenir la conférence que je m'apprêtais à faire avec mon a… Euh, le docteur Ramadan.

– Vous noterez, monsieur l'arbitre, qu'il m'insulte dès avant le début du match, fit remarquer Merenda en allumant un cigare.

– Monsieur Merenda, on ne fume pas pendant le match.

– Je vais l'éteindre.

– Monsieur Plenel, de quoi allez-vous parler ?

– Je vais expliquer que le string est aussi grave que le voile.

– Et celle-là, elle est grave ? demanda une jeune femme de l'assistance en balançant un bidon de lait maternel en poudre vers le conférencier (c'était tout ce qu'elle avait sous la main comme projectile).

L'estrade s'était couverte de lactose. Plenel en avait sur les manches. Pour l'instant sa moustache demeurait sauve. Une autre dame plus âgée, plus ventrue, bondit de sa chaise, une grappe de tomates à la main.

– Madame, la supplia Plenel, si vous êtes comme moi dans le camp de la Paix et du Bien, vous allez regretter votre geste.

La mégère fit tournoyer les sphères écarlates au-dessus de son chignon et les envoya, tel le bola du vaquero argentin, à la figure du Parisien. Edwy Plenel esquiva habilement le projectile tournoyant. Une troisième ménagère, les pognes dégoulinant de boulettes de viande hachée à peine déballées, s'avança menaçante vers l'estrade.

– Mais enfin, arrêtez de m'attaquer ! Je vous défends ! Je protège VOTRE droit à porter le voile.

Ce coup-ci l'obus atteignit son but et heurta l'islamo-gauche sur les moustaches et alentour.

– Tu te tais ! vociféra une autre dame. Tu vis pas dans nos quartiers. Tu parles PAS en notre nom !

– Combien d'années on a mis, surenchérit une autre, pour s'échapper de tout ça ? Ça te ferait plaisir, toi, qu'on te renvoie au temps de l'Inquisition espagnole, sous prétexte que c'est ta culture ? Tu l'as subi, toi, le code de la famille, dans ton pays d'origine ? argua une autre furie.

– Mesdames, tenta Plenel, je crois que vous vous laissez manipuler par le pouvoir en place qui tente, à force d'agiter un voile qui existe si peu, de vous masquer les vrais problèmes. Si mon ami Ramadan était là, je suis certain qu'il vous aiderait à orienter votre colère vers vos vrais ennemis, et à mieux formuler votre pensée.

À force qu'on leur dise qu'on allait les aider à s'exprimer, les dames explosèrent comme des Cocotte-Minute et balancèrent toutes ensemble le contenu de leurs cabas vers Edwy Plenel.

– Stop ! suggéra Merenda ! Ça suffit ! Réglons ça à la loyale. Mesdames, si vous lui tapez dessus, cela va nuire à la réputation de la région.

Jacques Merenda s'était levé. Fort courtoisement, il aidait chacune à remettre la main sur ses provisions. Une bouteille de Destop, un arrosoir en fer-blanc, un bocal de slata mechouia miraculeusement intact.

– N'attendez pas que je vous remercie d'avoir ramené un semblant de calme, maugréa Plenel.

– Quel calme ? demanda Merenda. Je vais vous casser la gueule.

– Vous êtes fou ?

– Soyez réaliste, mon ami ; l'assemblée a besoin d'une explosion cathartique. Si on ne règle pas ça à deux dans la lumière et à la loyale, ces dames vont continuer de vous jeter le repas de demain midi à la moustache. Et au prix où l'on facture le panier de la ménagère, ça serait regrettable.

– Cessez de vous trouver des justifications, Merenda. Osez me dire en face que vous avez envie de m'en mettre une et ça sera plus clair.

Jacques Merenda lui allongea une droite. Plenel le traita de brute. L'ancien maire fit valoir que si l'on parvenait à circonscrire la violence au terrain du sport, elle ne ferait qu'apaiser les tensions.

– Et qui sait, poursuivit-il, peut-être finirons-nous amis.

Plenel lui mit un coup de tête dans le thorax. Merenda n'eût jamais imaginé que ce plumitif savait se battre. Avant que Jacques ait repris son souffle, les poings du reporter lui arrivèrent sous le menton. On entendit claquer les dents de Jacques Merenda jusqu'en haut du cimetière de l'Est.

– Ami avec vous ? Jamais, Merenda, jamais !

– Voyez, Edwy… C'est ça qui nous différencie…

Plenel lui expédia un coup de pied sauté dans le bidon. Ce mawashi, on ne savait pas d'où ça venait. Merenda effectua malgré lui huit pas en arrière et s'écroula comme une barre d'immeubles après l'explosion de 20 kilos de Semtex.

– Ça vous suffit, comme argument, demanda Edwy Plenel ? Ou on continue ?

Le cigare de Merenda gisait sur le sol de la salle du meeting. Le Niçois cracha un mollard sanguinolent gros comme une huître avant de se relever en souriant.

– … Je disais que, contrairement à vous, Edwy, moi je peux être ami avec à peu près n'importe quoi.

Merenda se remit en garde. Sa moustache était gorgée d'hémoglobine. Celle de Plenel était encore impeccable. Le journaliste tournait autour de lui, souple comme un danseur du Bolchoï. Le débat promettait d'être serré.

– 28 –

– Allô, fit Lestrival, je souhaite parler à monsieur Grosneuneu.

– Il est pas là. C'est pour lui dire un truc choupi ?

– Mademoiselle, j'ignore si je suis choupi mais j'ai besoin de m'entretenir avec monsieur Grosneuneu de toute urgence. Il sera un peu surpris de ma demande car je suis…

– T'es Roro ?

– Non, mademoiselle, j'ignore qui est Roro, je suis…

– Roro il est du GUD, et il a mis une mandale à Doudou, et Doudou lui a dit que c'était pas choupi, alors il lui a pété une cannette de Kro sur le nez qu'après le nez de Roro il était tout pété qu'on aurait dit un youpin, c'était pas choupi du tout ! Alors je pensais que t'étais Roro qui venait s'excuser. Surtout maintenant, y a plein de trucs qu'on n'a plus le droit de faire.

– Mademoiselle, permettez-vous que je passe chez vous, c'est urgent, je suis Christian Lestrival. Je passe chez vous et on attend ensemble… Doudou ? Puisque j'ai le sentiment que c'est ainsi que vous surnommez monsieur Grosneuneu.

– Non, tu peux pas passer, ch'uis pas choupi, j'ai le cul à l'air rapport au tattoo.

– Mademoiselle, j'ignore si c'est la ligne, mais je crains que nous ayons du mal à bien nous comprendre.

– C'est pourtant simple, t'es con ou merde ? Depuis qu'on fait semblant d'être de gauche…

– Vous faites semblant d'être de gauche ?

– Oui, enfin Front national. Le Front national c'est la gauche, non ?

– Tout dépend d'où on le regarde.

– Enfin oui, c'est pareil, c'est l'UMPSFN, c'est tout pareil des pédés, des tout mous qui sucent des Juifs et qui lèchent le cul des Arabes avec leur langue double de serpents illuminatis.

– Mademoiselle, vous êtes ivre ?

– Tout ça pour dire qu'on doit faire semblant qu'on est autant de gauche que Marronne Le Pen alors on n'a plus le droit de rien. Faut plus se raser la tête, faut plus porter des bijoux sympas avec la date d'anniversaire de tonton Adolf, faut plus taper les bicots. Enfin si on le fait, faut pas qu'on nous reconnaisse, et le pire ! Le pire ! On n'a même plus le droit à nos tattoos choupis avec des croix. C'est super dur à dessiner, les croix. Y en a des gammées, des gammées rétro-inversées, des gammées avec double fosbury flop. Enfin voilà pourquoi j'ai le cul à l'air.

– Je crains de ne pas comprendre.

– Ne pas comprendre quoi ? Doudou et moi, nos croix, on est obligés de se les tatouer sur le cul car sinon y a les fils de pute de leur mère du « Petit Journal » qui les filment, et après, tous les gens s'imaginent qu'on est des nazis.

– Ce qui est faux ?

– Ho, toi, t'es pas choupi, tu viens pas.

– Mademoiselle, je suis en bas. Si vous pouviez ouvrir.

– 29 –

La compagne de Geoffroy Grosneuneu avait enfilé une culotte pour ouvrir. Il s'agissait d'une blonde à couettes en fort surpoids, désirable cependant. Elle zozotait derrière un appareil dentaire de la taille d'un poing américain. Sa peau constellée de comédons et rougeurs évoquait une panthère aux taches pourpres et vermillon. Ou bien de la charcuterie. « Pourquoi des couettes à cet âge-là ? se demanda Christian Lestrival. Mieux vaut ne pas lui demander, elle répondra vraisemblablement que "c'est choupi". » Dans l'entrée on ne trouvait aucune croix gammée. L'appartement se situait dans le bas de Cimiez, au sein d'une zone plutôt chic... Ils disposaient de tout le premier étage. Des imprimés et des affiches sur lesquelles il était beaucoup question d'identité s'entassaient partout. Des tas de tee-shirts proclamant le courage et la rébellion niçoise voisinaient avec des têtes imprimées de Jacques Merenda. Pour des raisons confuses, les néonazis de Nice avaient décidé que Merenda serait leur grand inspirateur. Ils mettaient sa tête partout, avec les lunettes, le cigare et parfois un panama. Puis écrit « Reviens Jacquou ». Parfois ils arpentaient la ville en graves processions dans lesquelles on portait à bout de bras, comme la Vierge de Fátima, comme des impressions douloureuses du saint suaire de Turin, le visage souriant de Jacques Merenda. Lestrival songea que quels que fussent les crimes passés de Merenda, il n'avait pas mérité de tels admirateurs.

– En fait, t'es choupi, fit remarquer la jeune personne volumineuse.

– Je vous remercie. J'ai un projet urgent...

– Tu veux une binouze ?

– Merci, mademoiselle, je suis favorable à partager avec vous, comme on dit en jargon municipal, le verre de l'amitié. Mais avant cela, écoutez-moi...

– Putain, t'es le maire !!!!

– Mademoiselle, vous avez un truc en papier qui sort de la culotte. Ce n'est pas cela qui m'amène, mais je ne parviens pas à regarder ailleurs.

– Putain... T'es le maire ploutocrate ! Qui va au dîner des Juifs du CRIF ? Qui a donné sa fille à un bicot que maintenant elle est dans un harem de l'État islamique et elle suce des bites de bougnoules, et après elle va à la Knesset faire le Grand Israël ?

– Mademoiselle, je vous engage à ne pas prendre au pied de la lettre ce qui est raconté dans les dépliants que distribue votre compagnon. À ce propos, il rentre quand ?

– C'est bon, il revient dans longtemps. On a le temps.

– Mademoiselle, le temps de quoi ? Et je vous signale à nouveau que vous avez du Sopalin qui sort de la culotte.

– Le temps de quoi ? Parce que t'es pas venu ici pour m'éclater la patchole ?

Christian Lestrival fit savoir à la militante d'extrême droite qu'il n'en avait absolument pas après sa « patchole ». Elle expliqua, comme pour l'amadouer, que le Sopalin dans sa culotte avait pour unique fonction de protéger son dernier tatouage qui n'avait pas encore cicatrisé. Monsieur Lestrival la supplia de ne pas lui faire voir cette œuvre d'art identitaire. Elle n'obéit pas et écarta sa considérable culotte Petit Bateau. L'espace d'un instant, le maire de Nice aperçut une caricature style manga mignon de Geoffroy Grosneuneu, affublée d'une croix celtique, d'un sexe en érection et de la mention « Doudou aime Chouchou » en caractères gothiques.

Lestrival, avant qu'on l'interroge, admit que c'était « choupi ». Il était prêt à tout pour qu'elle lui fiche la paix. Ce qu'elle refusa de faire. Lorsque avec ses mains inquisitrices elle s'en prit aux pantalons du premier magistrat niçois, Christian Lestrival la repoussa trop vivement. La pauvrette heurta la pointe d'un casque allemand qui traînait sur la console PS4 du salon. Une rivière de sang coula des cheveux de paille de mademoiselle Grosneuneu. La Valkyrie azuréenne se mit alors à pleurer en proférant cette menace funeste : « Je vais dire à Doudou que tu m'as tapée. »

Christian Lestrival courut dans la salle de bains chercher des compresses et de l'eau oxygénée. Afin de s'assurer le pardon de la géante blessée, monsieur le maire lui prépara également un chocolat chaud.

Après qu'elle eut avalé quelques gorgées de Nesquik, la skinette se radoucit.

– Tu es sûr que tu veux pas, au sujet de ma patchole ? Parce que vraiment, mon Doudou, il ne rentre pas de suite.

– Non, mademoiselle, je ne veux pas.

– Mais qu'est-ce que tu venais faire ici ? Il te déteste, tu sais, mon Doudou.

– Je sais, chère amie. Mais votre « Doudou » adore Jacques Merenda. Et Jacques Merenda est revenu. Il a une soirée politique très importante, au moment où je vous parle. Et je crois que ça ferait très plaisir à Doudou, si vous me permettez de surnommer ainsi monsieur Grosneuneu, de faire rappliquer tous les copains du club « Reviens Jacquou » et d'aller TOUT DE SUITE rendre un hommage public à leur idole. Vous allez me demander quel est mon intérêt dans cette affaire… Eh bien…

– Je sais ! fit-elle en aspirant bruyamment son fond de tasse de Nesquik. Si tu veux pas qu'on baise, on va prendre de la drogue.

– 30 –

Bien entendu l'extrême gauche niçoise avait vu de belles choses, par le passé. Lorsque la ville avait été jumelée avec Le Cap, Ernest Pignon-Ernest avait collé partout de superbes dessins montrant l'apartheid. Et quand Le Pen avait été reçu en triomphe à l'Acropolis, Edmond Baudoin avait recouvert la place Garibaldi de « Je suis niçois et j'ai honte de ma ville. » Et à l'apparition première de Jean-Marie Le Pen, les Nux Vomica avaient fait une affiche pleine de culs avec ce jeu de mots « Monstrà lou pen a Le Pen. » Et encore plus loin dans le passé, chaque visite de Georges Marchais avait ravi le peuple de gauche. Sans parler des trop rares fois où Krasucki avait foulé le sol niçois. On ne le dit pas assez à quel point les vieux syndicalistes étaient des intellos. Avec Krasucki, on pouvait parler d'opéra, ça avait de la gueule. Comme cette fois où la Fédération anarchiste avait souhaité stopper un rassemblement du FN : quatre mille FN d'un côté, dix anars de l'autre avec un petit drapeau noir. Qui la police avait-elle embarqué ? Les anars.

Puis à chaque fête du Patriote, lire *Rahan* et donner un peu d'argent pour financer une statue de Che Guevara. Cuba a toujours besoin d'une statue supplémentaire, c'est vrai que, là-bas, les gens ont vraiment de quoi vivre : ils ont faim ? Ils mettent la main dans l'eau et ils ressortent une langouste. C'est donc très intelligent, que les camarades de la section de Nice du PCF mettent du blé pour une statue supplémentaire du Che. Au mieux, ça fera de l'ombre. Même les cocktails étaient formidables ! Au stand « Palestine vaincra » vers la fin de l'URSS, on vendait des cocktails « glasnost ». Merde, c'était bien ! Mais tous ces souvenirs, sans parler de la Seconde Guerre mondiale qui fut formidable à bien des égards, tout ça ne valait pas le match de catch dialectique qui avait lieu ce soir, maintenant, à l'Ariane, entre un moustachu de Paris et un moustachu de Nice ; l'un doctrinaire comme Staline, l'autre truand comme Staline. Tous deux, finalement, bons boxeurs.

Chacun possède son moment favori dans la grande lutte fraternelle des camarades contre le capitalisme, mais indubitablement, la fois où on a pété le score, au FDG, ce fut ce soir-là. Le club de danse classique de Francky Bouchoucha ne suffisait plus à contenir la foule. Des téléphones portables dardaient leurs caméras vers le match. On retransmettait en direct, sur Périscope et sur Vine, les exploits des débatteurs couverts d'ecchymoses.

Plenel avait un jeu de jambes et Merenda encaissait très bien. Ça se valait, au niveau pugilistique.

– Je suis plus arabe que vous, Plenel, et cependant je vous interdis de nous ranger comme ça.

– Mais je ne range personne, c'est cette société qui est raciste. Je me borne à défendre les victimes du colonialisme.

– Que vous traitez de musulmans ! De quel droit ? Qui êtes-vous pour parler au nom de citoyens français ? Et pour les réduire à leur religion supposée ? Que diriez-vous si je vous traitais de chrétien ?

– Vous êtes autant chrétien que moi !

– Qu'en savez-vous ? Hein ? Peut-être que je viens d'ailleurs, et que personne ici n'est au courant.

– C'est important ?

– C'est essentiel.

Le représentant niçois du Parti antiraciste contre la Blanchité et les fils de pute sionistes venait d'arriver. C'était un garçon en grande difficulté. Il était blanc et issu d'une famille très catholique, ce qui l'exposait à toutes les stigmatisations au sein de son camp. Cette identité honteuse l'incitait à en faire des caisses pour rassurer chaque seconde ses alliés sur son engagement auprès des « racisés ». Mais bien entendu tout le monde, parmi ses camarades, se foutait de lui en permanence. Ses amis lui disaient qu'il était non-racisé, ce qui s'avérait difficile. Lui se disait qu'il était noir dedans. Puis il pleurait tous les soirs de ne jamais avoir subi de discriminations. Parfois il se demandait si c'était de sa faute si le Parti contre la

Blanchité ne décollait pas trop sur la Côte d'Azur. Alors il s'avança près du combat et déclara qu'Edwy Plenel serait le combattant des racisés contre la blanchité. Plenel fut d'accord. Merenda en profita pour lui mettre un crochet du droit qui fit virevolter la tête bien pleine de son adversaire comme une girouette par grand mistral.

Merenda en profita cette fois pour lui mettre un bourre-pif de bas en haut option claquage des dents sur la langue.

– C'était pas fair-play, zozota Plenel.

Zéphyrin s'approcha de l'antiraciste blanc et lui en colla une bonne, assorti d'un « Oh, toi, ta gueule. »

– Je regrette, répondit l'antiraciste, c'est important de savoir qui se bat pour les colonisés.

Tricotant des mollets, Plenel fit un arc de cercle autour de son adversaire et lui claqua les deux oreilles d'un large mouvement des paumes.

– Le camarade qui représente les opprimés a raison, argua Edwy Plenel. C'est comme lors du combat Mohamed Ali-George Foreman, ils étaient tous les deux noirs, mais Mohamed Ali se battait vraiment pour l'Afrique tandis que Foreman était l'agent des oppresseurs issus de la blanchité. C'est pour ça qu'il a perdu.

– C'est absurde, ils étaient noirs tous les deux, fit Merenda.

– Certes, mais aujourd'hui, nous avons tous deux la peau blanche, cependant ça ne veut rien dire, n'est-ce pas ? Vous êtes le salaud et moi pas, Merenda.

– 31 –

Il regardait le sang coaguler dans les cheveux de mademoiselle Grosneuneu. Elle lui avait fait prendre un puissant psychotrope à usage vétérinaire. Monsieur le maire, souhaitant la conserver comme alliée, n'avait pas osé refuser. Elle se serrait contre lui. L'air absent, ils regardaient une chaîne de dessins animés. Tous deux riaient bêtement. Plus rien n'existait aux yeux du maire de Nice que le mouvement innocent des personnages sur l'écran. Contre sa veste Armani, le contact de la peau grasse de l'hippopotame femelle ne le dérangeait pas.

La porte finit par s'ouvrir sans qu'aucun d'eux ne bouge. Geoffroy Grosneuneu apparut dans le champ visuel de Christian Lestrival comme une réincarnation de King Kong, en rose.

Monsieur le maire sentit bientôt que le colosse en rangers le soulevait du sol et lui causait très près du visage. Un nuage de postillons accompagné d'un remugle d'anchoïade mal digérée le réveilla un petit peu. Il comprit que le néonazi l'interrogeait sur sa présence auprès de sa compagne.

Voilà pourquoi la drogue est néfaste et pourquoi nos lecteurs de tous âges feraient bien de s'en tenir éloignés. Christian Lestrival eut le sentiment très net de faire oralement la déclaration suivante : « Cher Geoffroy Grosneuneu, je n'ignore pas que nous avons eu nos petits différends. Et ne vous méprenez pas sur ce que peut laisser croire le spectacle auquel vous assistez. C'est pour vous seul que je suis venu ici, et certainement pas afin de contempler le nouveau tatouage figuratif de mademoiselle Grosneuneu. Tatouage au sujet duquel je prends la liberté de vous complimenter, puisque vous abordez le sujet... »

Au lieu de ce discours, le babil qui sortit de la bouche de monsieur le maire sonnait plutôt comme ça :

– Gagagabouzumeu.

Mais le maire, par la faute des stupéfiants, l'ignorait. Aussi poursuivit-il son récit :

– ...Mademoiselle Grosneuneu, tandis que nous vous attendions, m'a proposé de regarder avec elle un épisode de *Bob l'éponge* à l'occasion duquel nous avons partagé, comme on dit, la kétamine de l'amitié...

Geoffroy Grosneuneu n'en pouvait plus d'entendre ainsi balbutier le premier magistrat local sans qu'un mot intelligible ne lui sorte du clapet. Le crâne rasé saisit une bouteille de mauvaise vodka puis la lui versa dans le fond de la gorge en espérant que cela aurait pour vertu de fluidifier son discours.

– Mais vous êtes con ou quoi ? crut dire Christian Lestrival. Si vous me mettez un goulot dans la gueule, je peux plus causer. Merenda est revenu, vous dis-je ! Votre héros Merenda ! Et il n'y a que VOUS qui puissiez le ridiculiser. Pardon. C'est l'inverse que je voulais dire. Voilà. C'est ce soir que ça se joue, le retour de votre Jacquou. Alors il faut le stopper… Pardon… Je veux dire… Il faut l'aider. Du coup, tu rassembles tous tes copains avec les flambeaux et les croix gammées et les Doc Martens et vous allez lui faire un grand plaisir, à tonton Merenda. Allez ! Debout ! Vous lui faites la marche sur Rome, là.

Malheureusement, la vodka n'avait pas suffi. Du laborieux laïus de Christian Lestrival, son interlocuteur n'avait perçu qu'une série de borborygmes incompréhensibles. Le dirigeant identitaire jugea bon de ramener les débats à une question centrale à ses yeux. Désignant la baleine à couettes blondes échouée sur le sofa, Geoffroy demanda :
– T'as niqué Chouchou ? Ou tu l'as pas niquée ?

Parfois les quiproquos s'enchaînent. Cette question réveilla un petit peu mieux Christian Lestrival. Lui aussi comprenait tout de traviole. Il eut le sentiment, dans son délire, que la brute souhaitait le forcer à avoir des rapports intimes avec mademoiselle Grosneuneu. Lestrival recula anxieusement. Il se prit les pieds dans les manettes de la console de jeu. Dans sa chute, il agrippa sans le vouloir le diplôme de la Francisque décerné par Pierre

Laval en 1942 au grand-père de Geoffroy Grosneuneu. Le skin hurla comme King Kong lorsque les mitrailleuses des avions américains lui percent le poil. Lestrival n'était en état ni de voir la gravité de son crime ni de se défendre. Son adversaire lui sauta dessus et commença à lui marteler le crâne.

Chaque coup décuplait les effets de la drogue. Bientôt Lestrival replongea dans un demi-sommeil paisible. Sa tête rebondissait sur les carreaux du sol. Il envia sincèrement Geoffroy Grosneuneu : « Lui, il a eu un papa. Il a toujours vécu protégé par des certitudes familiales. Il possède cette baleine à couettes et ensemble ils sont heureux. “Ensemble, c'est tout”, comme dit Anna Gavalda. Pauvre de moi, pendant ce temps, je jongle avec mes maîtresses comme une acrobate chinoise avec des assiettes. C'est épuisant. On a toujours peur qu'une assiette se brise. »

KRAK ! Mademoiselle Grosneuneu fut tirée de sa torpeur par le fracas de la tête du maire contre le marbre. L'une de ces deux substances dures venait d'éclater, mais laquelle ?

– Debout, Chouchou, fit son compagnon. Va chercher un grand tapis. Et appelle les potos. Y a une livraison pour les abattoirs.

– 32 –

La mère de Christian Lestrival était nulle en informatique, en parlophone, en télévision connectée. Aussi au moment où commença son épisode de *Game Of Thrones* ne fut-elle pas capable de mettre la chaîne OCS sur plein écran. Comme si ça ne suffisait pas, Christian la bombardait de SMS. On verrait plus tard. Celui-là, depuis quelques jours, il n'arrivait plus à rien faire sans sa maman.

On profite comme on peut des rares heures du jour où les hommes, votre fils compris, vous fichent la paix. Elle cacha le téléphone sous un coussin et ouvrit grand les fenêtres. Toute la promenade des Anglais s'offrait au regard. De Rauba. Capeù à l'aéroport. Nicolas le jardinier avait sans doute un beau jardin, mais la maman du maire, elle, disposait d'une sacrée belle vue. Durant tout le générique de *Game of Thrones*, elle resta sur son balcon, à s'en griller une. Elle matait les bagnoles qui faisaient des pointes à 55, sous les branches des palmiers. Madame Lestrival avait le même âge que Sophia Loren et n'était pas moins bandante. Il y avait plein de miroirs chez elle, des chats, des fruits, des tas de bouquins. Ce soir, elle portait une blouse de satin rode, brandée Agent Provocateur. Elle alla terminer son clope face à la télé, un verre de Lagavulin sur la table en verre.

« Comment on fait pour quitter la mosaïque ? »

Game Of Thrones n'apparaissait que sur la partie supérieure droite de l'écran. Le reste de la superficie de son téléviseur haute définition était squatté par une myriade de chaînes inutiles, qu'elle ne parvenait pas à faire disparaître. Elle tapotait la télécommande. Cela attira ses chats. Ils pataugèrent sur les boutons. La télé s'éteignit. Puis il fallut la rallumer. Dans la rue, on entendait des sirènes de pompiers. Elle ralluma. Flûte ! Elle avait déjà loupé la première minute du show. Cette série lui plaisait beaucoup car tout le monde y mourait sans cesse. Et l'on y dépeignait des familles tellement déglinguées qu'on pouvait terminer sa propre existence sans trop de remords quant à ce qu'on laissait derrière soi. Les SMS continuaient d'arriver sous le coussin. Elle n'y prêtait plus attention. Sans doute attirés par ces vibrations, deux de ses chats allèrent se coucher sur le coussin en question, ce qui eut pour effet d'étouffer le bruit et de permettre à la maman du maire de se reconcentrer sur sa télé.

Par sagesse, elle jugea bon de cesser de vouloir améliorer les choses. Son demi-écran s'avérait finalement bien plus grand que la télévision de la plupart des Niçois. « Pourquoi il y a Jacques Merenda dans un petit coin de ma télé ? Je vais pas manquer mon épisode pour ça.

Bon. Je me concentre. Je veux pas louper ma série. Il y a le petit nain qui viole une prostituée. Puis il y a une fille prépubère qui se fait violer par un barbare. Ensuite je voudrais bien revoir le frère et la sœur qui baisent près du cadavre de leur enfant, c'est formidable, Merenda et mon fils m'ennuient, je veux voir ma série. »

Mais la moustache de Merenda apparut sur une autre des chaînes de la mosaïque. Il battait des bras simultanément sur VaquiComéva, la chaîne niçoise, et sur France 3 Régions, la chaîne niçoise aussi. Comme s'il avait été influencé par la violence de *Game of Thrones*, Jacques Merenda semblait torse nu, et avait l'air de se battre.

Madame Lestrival ne parvint pas à se le sortir de la tête. Bon. On regarderait la série en replay. Fallait savoir ce qui se tramait. Elle fit de son mieux pour mettre en grand format l'une des deux chaînes locales mais n'y parvint pas. En revanche, elle fut capable de déplacer le curseur de sa télécommande afin de mettre en surbrillance les chaînes en question, ce qui n'augmentait pas la taille des images retransmises, mais qui permettait – c'est au moins ça – d'entendre le son.

*

* *

– Savez-vous ce qu'est, monsieur Plenel, une chapelle de conversion ?

Merenda était en nage. Il se tenait torse poil, éclairé par des phares de bagnoles. Face à lui, qui transpirait tout autant, il y avait un autre moustachu. Et autour d'eux une foule de tous âges, le tout sous des banderoles du Front de gauche. Par miracle des drapeaux d'Algérie et de Tunisie avaient fleuri autour de la rencontre sportive. Et plein de jeunes gens, en arabe dialectal mais aussi parfois en niçois, criaient « Vive Jacquou ! » Un avocat en costume et de couleur noire que madame Lestrival connaissait chantait « Jacquou Bouma Yé ! Jacquou Bouma Yé ! », mais seuls les téléspectateurs qui connaissaient l'histoire de la boxe comprenaient la référence[1].

– Ne changez pas de sujet, monsieur Merenda, je suis en train de vous casser la gueule ! précisa Plenel en lui en collant une dans les dents.

– *Es un coumbat sans lé gants, qué sé livrent lou doué fabulous persounalidad dé la gauche nissarte et dé l'intelligentzia parisienne, mainténoun, au coueur dé l'Ariane.*

Madame Lestrival comprenait assez peu le nissart, mais le sens général restait intelligible.

– *Y lou boxinagiou va dépértagir lou doué chef dé la gauche pour lés élécciouns.*

– Oui, je vous interdis, monsieur Plenel, de ne pas me traiter d'Arabe ! Vous savez pourquoi ?

1. Allusion au combat de boxe ayant opposé George Foreman à Mohamed Ali à Kinshasa, voir sur le sujet le documentaire de Leon Gast *When We Were Kings*.

– Paf !

– Ah ! mais vous allez me laisser parler, oui ? Parce que vous ne savez pas d'où viennent les citoyens de ce pays. Et de cette ville. Vous vous l'êtes inventée à Paris, à Sciences Po ou dans mon cul, notre histoire à nous, les Nissarts, vous savez quoi ? On est autant arabes que les autres, et ça ne vous regarde pas.

Alors il parla des chapelles de conversion. Madame Lestrival parvint par miracle à fiche Merenda sur plein écran. Et monsieur l'ancien maire raconta que les noms de famille sont des mystères, prétexte à des inventions qui rendent chacun fier de ses ancêtres et désireux d'écrire la suite du roman.

Il dit par exemple que chez lui, soi-disant, on venait de la famille Médicis. Le premier Merenda sur la Côte d'Azur avait été maire de Villefranche-sur-Mer et il avait raconté cette couille-là, comme on dit en termes littéraires, Merenda/Médicis, et hop, ça met les descendants dans l'optique de gouverner. Mais tenez, si par exemple il avait effectué des excavations à la darse de Villefranche, qu'est-ce qu'il aurait trouvé, le premier des Merenda ? Je vous le dis parce que c'est mon ami Jean-Pierre Jardel qui me l'a raconté ; Jean-Pierre qui a voyagé, qui connaît le monde, et qui enseigne à l'université de Nice-Sophia-Antipolis, alors ça vaut bien vos grandes écoles. Aïe ! Arrêtez de cogner ! Hé ! On veut me faire taire !

L'assemblée se mit à hurler indifféremment : « Vive l'Algérie », « Issa Nissa ! » et « Viva Jacquou ! »

– Même du sang dans la bouche et les métacarpes en charpie, je garde le souvenir de tout ce qui concerne ma région. Et, du fond de mon Amérique, j'ai toujours fait acheminer jusqu'à mon refuge TOUTES les publications scientifiques nissartes. Aussi, monsieur Plenel, vous renvoie-je au numéro 21 de la revue d'archéologie des Alpes-Maritimes. Que je cite de mémoire. Et tout en boxant. Ah ! Tiens ! Prends ça ! Tu vois, ça fait mal, hein ! Tiens ! Tu sais ce qu'on a trouvé, à la darse de Villefranche ? Je dis pas trop précisément où pour éviter que des islamistes aillent le plastiquer mais voilà : un baptistère. Une fontaine. Une fresque. Et tu sais à quoi ça servait ? Pour les galériens, oui, écoutez ! N'importe quel turc ou pataouète qui arrivait dans les galères du duc de Savoie ou de Barberousse ou de n'importe où et qui voulait devenir d'ici, il pouvait. Personne n'a jamais forcé ces types-là à devenir chrétiens, mais bon, figurez-vous qu'ils le faisaient. Pas parce que le christianisme était une religion, mais parce qu'ils y voyaient le mode de vie qui les sauverait de l'esclavage.

– Voilà ce que vous promet la droite Merenda, mes amis ! hurla Plenel. Il veut vous faire abjurer vos belles traditions ! Il veut vous convertir au christianisme !!!

– Heu ! Mais non ! Pas du tout ! Ce que je te dis, espèce de con, c'est qu'à Nice, ici, parmi nos beaux patronymes azuréens, parmi les Grosso, Barel, Matteotti ou Biscarra, eh bien, figure-toi qu'il y a foule de noms turcs ou arabes que le temps a rendus niçois. Voilà ce que je propose, rien d'autre, qu'on dégonfle le « soi » et qu'on se rappelle le « ici ». Ça te va, ça, comme gauche ? Comme réalisme socialiste ? De dire qu'ici, c'est un espace avant d'être une identité. Et lorsqu'on entend que, pour des motifs sous-marins qui nous dépassent, la région de Nice risque de se retrouver sous l'eau, on se fiche de s'appeler Adolf ou Mohammed, on se retrousse les manches et on bosse.

– Vous êtes en train de dire, monsieur Merenda, que vous allez enfin accorder autant d'attention aux Mohammed qu'aux autres ?

– Ah ça, tant qu'ils votent pour moi, oui, pas de doute ! Vous voyez, le problème des Arabes, c'est qu'ils ne votaient pas, c'est pour ça qu'ils ne m'intéressaient pas.

Tout le monde riait, on le trouvait con et enthousiasmant. Il avait gagné. Pas la peine d'aller chercher plus loin. Plenel s'épongea le front et fut forcé de constater que lui aussi avait passé un bon moment.

– Allez, Edwy, avouez, demanda Merenda.

– Que j'avoue quoi ?

– Que je suis mieux que Tariq Ramadan.

– Jacques, pour un premier rendez-vous, vous en demandez trop.

– Allez, on va picoler.

– 33 –

Le froid fit sortir monsieur le maire de sa torpeur. Il se trouvait saucissonné dans une carpette sale, au sol d'un véhicule frigorifié qui roulait trop vite. À l'instar de beaucoup de motards, Lestrival n'avait jamais bien vécu les trajets en voiture. Il vomit un peu. Le camion disposait de très mauvaises suspensions. Lestrival regarda vers le plafond. Le spectacle d'une douzaine de carcasses de génisses pendues à des crochets acheva de le réveiller.

Il s'agita dans son tapis. On lui avait laissé son téléphone. Ces idiots avaient vraiment dû croire qu'il était clamsé. Malgré ses engelures aux phalanges, il parvint à envoyer d'innombrables messages à sa mère. Sans réponse. Il continua de gesticuler comme une mangouste puis se défit de ses liens.

Son téléphone toujours sur silencieux, il continua d'envoyer des SMS. Puisque sa mère ne répondait pas, il résolut de vérifier une dernière fois que les fonds secrets municipaux investis dans son ex-ami Zéphyrin ne pouvaient tout de même pas avoir une petite utilité.

– Zéphyrin, j'ai besoin d'aide. Tu peux garder l'argent, je pardonne tout, mais j'ai besoin d'aide.

– Monsieur le Maire, c'est chaud ici ! Je ne peux pas vous répondre.

– Écoute-moi ! J'ai réfléchi ! Rien ne va jamais empêcher le succès de Merenda s'il parvient à s'exprimer ce soir. Alors voilà. La seule chose qui peut empêcher la tenue d'un meeting, c'est le trouble à l'ordre public. Alors je souhaite qu'on envoie les néonazis à l'Ariane. Comme ça, ils déclareront leur amour à Merenda, il y aura une bagarre sanglante, peut-être des morts, par chance, qui sait, et c'en sera fini de Jacques Merenda ! Les autorités verront bien qu'il n'apporte que des catastrophes.

– Monsieur le Maire, c'est un peu tard pour tout cela.

– Tu veux dire que le triomphe a déjà eu lieu ?

– La joie est totale, monsieur le Maire. Même Edwy Plenel se demande comment il a pu se tromper si longtemps sur le bon sens de ce Niçois qui met le territoire avant les marqueurs identitaires. C'est ainsi, Christian, notre Niçois parvient à convaincre tout le monde. Vous allez bien ?

– À peu près, Zéphyrin. Ça va à peu près.

– Parce que vous craignez de perdre la mairie ? Je suis certain qu'il vous gardera comme adjoint.

– Moi, adjoint ???

Cette dernière phrase n'avait pas été expédiée par SMS. Christian Lestrival l'avait beuglée à haute et rugissante voix, depuis la chambre froide du camion de boucherie. Le maire hurla que ça suffisait les conneries et qu'on lui avait assez couru sur le haricot pour la soirée. Il accompagna sa déclaration d'un coup de pied dans la paroi en ferraille qui le séparait des conducteurs.

Le camion freina brusquement. Lestrival s'en trouva déséquilibré et sa joue alla s'érafler contre la surface glacée d'un thorax de vache. Bientôt la porte à deux battants du véhicule s'ouvrit sur deux militants du PNNS. Lestrival avisa le sigle sur leurs débardeurs : Parti national nissart socialiste.

Tout ce que Lestrival trouva à dire fut :

– Je hais les socialistes.

Les deux autres ne savaient pas quoi faire. Ils pensaient jusque-là transporter un cadavre ordinaire. Face au visage reconnaissable du maire de Nice, l'un des skins regarda son comparse. L'autre dégaina un téléphone portable, avide d'ordres précis, sans lesquels ses semblables redoutent d'agir.

Lestrival fit prestement coulisser les génisses sur leurs crochets. Il poussa de toutes ses forces et les bêtes équarries allèrent heurter les deux brutes comme au bowling. Tandis que les carcasses tombaient sur les skins, Lestrival les bouscula et se fraya un passage hors du camion frigorifique.

Il se trouva au milieu de la voie rapide, titubant parmi les phares de voitures roulant à une allure folle. S'il ne se mangeait pas un pare-chocs, il était sauvé. À cet instant, il entendit l'un des crânes d'œuf brailler au téléphone : « Il s'enfuit ! »

Sans un regard pour la circulation, Lestrival se retourna et marcha vers le colosse. Il lui colla un coup de tête dans lequel s'exprima toute la rage des journées précédentes. Il fallait que ça sorte.

– Non, monsieur, je ne m'enfuis pas.

Le nez du premier nazillon était en sang. L'autre sortit de son ceinturon une arme blanche, mi-poignard, mi-poing américain. Lestrival lui balança un coup de pied copyright pencak-silat dans le tibia. La brute hurla avant de se ruer vers le maire, lame en avant. Son poignard déchira la doublure de la veste Armani. Lestrival sentit son ventre se lacérer. Cela ne fit que décupler sa colère. Il ramassa une de ces serviettes dont les bouchers font usage pour protéger leurs épaules quand ils portent la viande, une tunique pleine de givre et de sang. Tandis que le crâne d'œuf tentait de l'éventrer, Lestrival lui balançait des coups de torchon. Cela giflait, cela écorchait, c'était humiliant et efficace. En quelques secondes le skin perdit son couteau. Lestrival lui enroba le bras dans sa serviette et tordit jusqu'à ce que ça craque très fort et que l'ennemi soit à terre.

– Mais… balbutia le gars.

– Mais rien, répondit Lestrival. C'est injuste, je sais.

– C'est injuste quoi ?

– Tout, répondit monsieur le maire. Vous voyez, on passe sa vie à ça.

– À quoi ?

– Vous ne pouvez pas comprendre. Vous, vous avez eu un père. On passe sa vie à se demander si on se bat mieux que lui. Et…

– Et quoi ?

– Et aucune victoire ne peut nous rassasier.

Lestrival lui défonça la cloison nasale. Le skin rejoignit son compagnon dans un coma temporaire. Monsieur le maire, qui tenait à peine debout, partit les poings en sang dans la lumière des phares de la voie rapide.

– 34 –

L'eau montait un peu. Merenda en avait jusqu'au-dessus des semelles. Le parking se vidait. On avait assis maître Sfar sur une chaise d'écolier, ça n'était guère confortable mais il regardait les gens tout ranger. Le bull-terrier Garibaldi s'était approché du vieil avocat et lui avait reniflé les pieds. Sfar avait trouvé la force de saisir une autre chaise et de l'approcher de la sienne. Le clébard avait mis ses pattes avant sur le siège. Quel paresseux ce chien ! Ou bien il était vraiment mal foutu à cause de ces croisements basés sur l'esthétique qui ont transformé en moins d'un siècle de superbes chiens de garde en rats obèses. Il fallut donc aider la bête à hisser ses pattes arrière loin du sol mouillé.

Sfar n'avait jamais eu de chien. En Algérie, où il était né, on n'avait pas une telle proximité avec les animaux domestiques. Il tendit la main vers la tête de la bestiole. Garibaldi happa tous les doigts d'un coup et eut la gentillesse de les mâchouiller affectueusement sans les sectionner. Par reconnaissance, Sfar lui tripota un peu les oreilles. En grattant le chien derrière la tête, il s'aperçut qu'il avait passé son existence à se battre sur tous les fronts. Il n'avait pas eu de père, maître Sfar, aussi s'était-il acharné à triompher dans tous les lieux où, selon son éducation méridionale, on attend quelque chose d'un homme. Il avait combattu à coups de poing, puis avec les mots, et aussi dans des formations politiques. Professionnellement, la vie de chaque client lui avait semblé aussi sacrée que la sienne. Un truc de Juifs, hérité du prophète Hillel que les chrétiens nomment Jésus : « Tu aimeras ton prochain comme toi-même. » Cela avait tout de même réclamé beaucoup d'énergie. Les avocats qui ont commencé leur exercice après Badinter ne peuvent pas comprendre la tension qu'on éprouvait à l'époque où les clients risquaient vraiment qu'on leur coupe la tête. Certains collègues de Sfar conjuraient cette peur du billot en picolant toute la nuit qui précédait les audiences, pas lui. Lui, il avait toujours bossé, poings serrés, avec cette idée un peu orgueilleuse qu'un homme debout et qui travaille pourra faire la différence. Très tôt, il avait aussi placé le domaine de la lutte sur le terrain amoureux. Aussi, en quatre-vingts ans d'existence, avait-il fait fonctionner l'intégralité de ses muscles un nombre incalculable de fois. Il avait vécu ainsi : le vélo, la natation, la copulation, le piano, les voitures. Rien ne méritait les regrets dans ces directions de vie. Cependant il avait fallu attendre ce soir-là, sur un parking inondé de l'Ariane, pour qu'il s'aperçoive de la joie simple qu'il y a à caresser la tête d'un clébard. Pardon pour ce récit anthropocentré. D'une certaine façon, Garibaldi éprouvait à peu près la même chose que maître André Sfar : Garibaldi était né parmi les crocodiles. Quand Merenda était venu le chercher, ce chiot avait des cicatrices partout. Parmi sept toutous bagarreurs, celui-ci était le pire. Et pendant ses quelques mois d'existence, le chiot avait traité son maître et le monde avec brutalité et gourmandise. N'ayant que peu de conscience de lui-même, l'animal se projetait partout comme un obus de DCA. Il se prenait des murs et des portes dans la gueule, il croquait les matières trop dures quitte à s'y péter les dents. Il avalait n'importe quoi sans se demander si c'était comestible, et avant même d'aboyer, Garibaldi sautait dans n'importe quel tas d'ennuis, les dents prêtes à mordre. Voilà. Ces deux-là s'étaient trouvés. Ils faisaient, pardon, c'est si naïf et con, ils faisaient un câlin, et l'un comme l'autre admirent que c'était pas si mal. Les cow-boys les plus impitoyables, parfois, peuvent s'accorder un petit moment de calme. Cette découverte, c'est-à-dire la connivence qu'on éprouve pour une brute qui nous ressemble, les petits garçons l'éprouvent vers sept ou huit ans, lorsqu'on leur présente leur premier chien. À sept ans, André Sfar travaillait dans une usine de confiserie à Sétif, et la nuit, il révisait ses leçons. Finalement, c'était cette nuit qu'il le rencontrait, son premier chien. C'était cool !

Zéphyrin aidait Francky à ranger la salle de danse. Tous les donneurs de leçons étaient partis. Plus un seul de ces Blancs qui critiquent la blanchité. Plus de gosses de riches qui exaltent la pauvreté. Juste les gens du quartier qui aidaient à ranger. Ce soir, ça avait été politique. Demain, peut-être, il y aurait un club de théâtre. Bientôt il y aurait des morts à cause du grand âge. Alors on se rassemblerait dans la maison du mort. Les dames apporteraient de l'huile, du sucre et du café. On verrait arriver des gens d'autres quartiers. Les portes resteraient ouvertes et on s'aiderait. Pas pour de grands principes, mais parce qu'il n'y a rien d'autre à faire. En remplissant les sacs-poubelle, Zéphyrin se dit qu'on se sentait très bien, entre humains, et sans les idées qu'on nous vend. À chaque assiette en carton ou chaque verre en plastique qu'il fourrait dans son sac, il fit sa petite sophrologie. On vous fait ça lors des entraînements de sport : « Je veux que tu imagines tous tes soucis, toutes les choses qui te déplaisent, et que tu les mettes dans un sac. Ce sac, tu le fermes, tu le mets dans une rivière, et il s'éloigne de toi. » C'était exactement ce que Zéphyrin éprouvait. Aujourd'hui ce qui s'était produit n'avait rien à voir avec les grandes idées, car même un gamin aurait pu constater que les idées de Merenda n'allaient guère plus loin que le bout du comptoir. Aujourd'hui, après vingt ans d'exil, Jacques Merenda s'était aperçu qu'il existait à Nice des quartiers pauvres, et que ces espaces méritaient qu'on leur consacre une soirée. « Finalement, songea Zéphyrin, même les vieux connards de droite ont le droit de faire leur "*podemos*". » Une voiture arriva conduite par l'épouse de Zéphyrin. Elle était venue là avec leurs deux gamins. Comme beaucoup de gens à Nice, elle avait regardé la télé. Elle souhaitait participer. Elle embrassa son époux et lui demanda ce qui allait se passer à présent.

– Je ne sais pas. Bouchoucha doit discuter avec les cadres du Parti.

Jacques Merenda parlait aux derniers journalistes. On lui fit signer des posters de l'OGC Nice et des drapeaux algériens. Bouchoucha approchait du container à poubelles, deux immenses sacs dans chaque main. Il se tenait encore plus voûté que d'ordinaire.

– Laisse, Francky, je t'aide.

Merenda lui tint ouvert le couvercle du container.

– Francky, tu as vu ! J'ai respecté la hiérarchie.

– Que veux-tu dire ?

– Hé ! Tu fais la gueule ou quoi ? Je veux dire que j'ai respecté le collectivisme de ton kolkhoze de mes couilles.

– Jacques, je dois te parler.

– Tu entends ce que je te raconte ? J'ai donné dix interviews et je me suis borné à parler des problèmes de climat et de l'eau qui monte. Je veux dire, je n'ai pas encore annoncé que je reprenais le Front de gauche. Et tu sais pourquoi ? Parce que je suis respectueux. Tu vois. C'est le nouveau moi. Je laisse à tes cadres de ton parti de mes couilles le soin d'annoncer la chance qu'ils ont d'avoir enfin une tête de liste pas trop baltringue.

– Jacques. Tu ne reprends pas le Front de gauche.

– Pardon ?

– Jacques, les cadres se sont réunis, ils disent que cette soirée fut très stimulante, mais à l'unanimité contre une voix, ils refusent de te confier autre chose qu'une bouteille de pinard.

– Il y en a un qui a voté pour moi ! Il faut recommencer : la conquête par celui-là.

– Jacques, je suis le seul à avoir voté pour toi.

– Mais je ne comprends pas ! C'est la première fois depuis des siècles que les caméras viennent filmer un de vos meetings. C'est injuste ! Demande à mon ami Edwy Plenel.

– Jacques, on s'est marrés, c'est le plus important.

– Mais si j'ai pas l'investiture, y a plus d'élections.

– C'est ça.

– Tu te fous de ma gueule ! Le public m'adore ! C'est quoi cette gauche où les dirigeants pensent l'inverse de ce que veulent les militants ?

– Tu l'as très bien définie, Jacques, ça s'appelle la gauche, justement.

Jacques Merenda se mit à donner des coups de pied dans le container à poubelles. Son ami lui expliqua que ça n'allait rien changer et que, si cette expression était permise chez des marxistes, la messe était dite, pour ainsi dire.

– Je ne crois pas, non. Je ne crois pas. Ils sont combien à ton comité central ? Trois ? Cinq ? Dix ?

– Il y a quatre personnes, Jacques, tu les as vues tout à l'heure. Quatre plus moi.

– Donne-moi leurs noms. Et donne-moi tes clés de voiture.

– Jacques, je ne te donne rien. Je ne sais pas ce que tu as en tête, mais ça ne me plaît pas.

Merenda le fusilla du regard. Lorsqu'il voulait faire peur, il évitait les yeux de l'interlocuteur et le regardait dans les sourcils, c'était très flippant. Il prit le visage de Francky dans ses mains et s'en approcha jusqu'à ce que leurs nez se touchent :

– Une liste de noms, fit Jacques dents serrées, ça se trouve.

– Jacques, je ne te prête pas ma voiture.

Sans se retourner, Merenda traita son vieil ami de traître. Et ne put s'empêcher de marmonner un horrible :

– Vous êtes tous pareils, de toute façon.

– Tous qui ?

Merenda ne répondit rien. Il marcha dans les flaques jusque sous une barre d'immeubles et demanda à voix basse qui avait une voiture. On ne lui répondit pas immédiatement. Alors il se mit à crier : « Qui a une voiture ? »

Des phares s'allumèrent un peu partout, bagnoles, motos, triporteurs, toutes sortes de gens voulaient bien faire partie de la suite des opérations. Jacques sortit une liasse de billets et la remit à un jeune dont il emprunta la BMW tunée.

– Je veux pas d'argent, monsieur, je vous conduis, je vous aide, c'est comme ça que ça marche, on est amis, non ?

– Non, mon garçon. Les amis, ça ne suffit pas. En cas de crise il ne reste que du solide.

Il donna du fric au gamin, le prix de la bagnole, puis il prit les clés. Le gosse ne se sentait pas bien. Merenda démarra et l'eau éclaboussa les gens alentour. Il roulait à 130. Il éclata deux ou trois rétroviseurs sur le chemin du Vieux-Nice. Il laissa la voiture garée n'importe où. Il était dans un tel état de colère froide qu'il eut ce geste machinal de chercher un flingue dans la boîte à gants. Malheureusement elle était vide.

Le lecteur se rappelle-t-il le restaurant où Merenda avait déjeuné avec Bouchoucha au début du récit ? À Nice, c'est le meilleur endroit si l'on veut parler à du monde. Les réunions n'ont lieu que la nuit.

Merenda cogna sur le rideau de fer. Le gamin qui tenait le restau, celui qui ressemblait tant à son père, répondit que c'était fermé.

– C'est Jacques Merenda.

– Pardon, monsieur Merenda, je savais pas que c'était vous. Mais même. J'aimerais mieux pas que vous veniez ce soir. Ce soir, ça va pas nous arranger.

– Pourquoi ? Les amis, parfois ils sont bienvenus et parfois non ?

– Je veux pas dire ça, monsieur Merenda.

– Alors tu m'ouvres, Arnaud, et tu fermes ta gueule.

– Arnaud, c'était mon père, monsieur Merenda, moi, c'est Gilou.

– 35 –

Le pizzaïolo ouvrit brièvement le rideau de fer. Merenda se glissa dans le restaurant. Gilou tenait une bouteille de lemoncello et sept petits verres. Merenda les lui prit des mains afin que le jeune homme puisse refermer l'accès à l'établissement.

– Vous en êtes au digestif. Je peux me joindre ? demanda Merenda qui avait débouché la bouteille recouverte de givre et en buvait une lampée, au goulot.

Plusieurs voix lui répondirent, gênées. Le Niçois passa devant une table où chacun avait laissé son arme de poing. On y trouvait même un canon scié. Il écarta un rideau et se trouva dans une extension de la cuisine, où venaient de dîner les vieillards. Ils étaient six à table. Des peaux tachetées et dépigmentées par trop d'années au soleil. Des pendentifs en forme de dent de requin ou en corail rouge. Des croix catholiques et orthodoxes. Un ou deux des parrains locaux portaient des lunettes de soleil même la nuit.

– Vous étiez déjà vieux avant mon départ. Vous n'avez pas changé. C'est qui le septième ?

Au bout de la table se trouvait un siège vide sur le dossier duquel reposait un blazer. Merenda déposa un verre pour chacun. Gilou rajouta un huitième verre.

– Je vous dérange ou quoi ? demanda Le Niçois tandis qu'il remplissait chaque verre.

– Jacques, tu connais nos habitudes : si tu as une arme, tu la laisses à l'entrée.

– Si j'avais une arme, je viendrais pas vous demander de l'aide.

Merenda restait debout. Il tournait autour de la table, obligeant les vieillards à faire des mouvements pénibles pour les cervicales, afin de suivre son regard.

– Voilà, j'imagine que rien n'a changé ici. On peut pas dire qu'en vingt ans je vous ai beaucoup dérangés. Alors j'ai quatre noms. Et c'est pour ce soir.

– Jacques. Tu nous reconnais. Tu vois qui il y a ici. Ici, il y a le port, il y a les collines, il y a un peu Cagnes et Saint-Laurent et un petit peu Antibes. On est devenus des tout petits cochons. On ne peut plus grand-chose.

– On a été tués par la grande distribution, d'une certaine façon. Nous sommes des petites saucisses de cocktail.

Ces références porcines avaient trait à une vieille plaisanterie niçoise. Car ils pouvaient bien se raconter comme ils souhaitaient le déclin du grand banditisme, ces truands-là n'avaient jamais vraiment connu d'heure de gloire. Par la faute de la géographie, leur empire avait toujours été coincé entre la Corse, Monaco et Marseille, nébuleuses bien plus inquiétantes, sans parler des antédiluviennes influences italiennes. Pour cette raison, et en référence ironique à la Main noire de la Mafia calabraise, les bandits niçois s'appelaient la Pata negra, parce qu'un jambon ça n'a qu'une petite main avec pas tellement de doigts. Ça les faisait rire. Il s'agissait, pour ainsi dire, d'un banditisme de père en fils qui ne voyait jamais très gros et qui gérait les affaires locales, comme on dirait sur un compte rendu de copropriété, « en bons pères de famille ».

– Vous me dites que vous n'êtes plus capables de tuer personne ?

– Jacques, on t'a pas vu depuis vingt ans. Jacques, on sait pas ce que tu fais là. Regarde-nous. Il nous reste quelques vieilles putes rue de France et quoi ? Des petites choses au port, des intérêts limités un petit peu dans la restauration, un petit peu dans la protection d'établissements de nuit. Tu vois bien. Ceux qui avaient encore faim, parmi nous, ils ont filé en Thaïlande ou à Miami. À Miami, oui, tu en trouves, des Niçois, tu vois ?

– Non. Je ne vois pas.

Merenda jeta son verre par terre puis retourna vers l'entrée. Il prit un flingue en main et le balança vers leur table. Un vieux eut à peine le temps d'esquiver. L'arme tomba dans le plat de pannacotta.

– Et ça ? C'est l'arme d'un type rangé des voitures ?

Il continuait. Il ramassait chaque arme et la leur jetait à la gueule.

– Et ça, c'est un bonbon Haribo ? Et ça, c'est une pâte de fruits ? Et ça, c'est mes couilles ?

– Jacques, ça suffit !

– Oui, répondit Merenda, ça suffit.

Et le dernier pistolet, il le garda en main.

– C'est pas compliqué, ce que je vous demande, non ? Vous me forcez à préciser, à m'humilier, à mettre les points sur les « i ». C'est ça votre conception du vivre ensemble ? Une ville, pour que ça marche, chacun doit être à son poste, le boulanger il fait son pain et…

– Jacques…

BANG ! Merenda venait de tirer vers un mur. Une assiette ornée du crâne des supporters de l'OGC Nice explosa en mille morceaux. Un vieux se leva, froid comme la glace. D'une voix très basse, il expliqua à Merenda qu'on n'entrait pas ici pour intimider les gens. Que ça tombait mal. Que personne n'avait voulu lui manquer de respect. Ça tombait mal et c'est tout. Il devait partir. D'ailleurs tout le monde devait partir, on n'avait pas envie d'expliquer la source de cette détonation.

Merenda gardait son flingue en main.

– Ce n'est pas compliqué ce que je demande. Il y a quatre noms. Vous vous en occupez, ou sans ça, je ne pourrai pas reprendre la ville. C'est cher payé, quatre noms ? Ne me dites pas que vous n'auriez VRAIMENT aucun intérêt à avoir à nouveau un ami à la mairie. Quand les gens viennent chez vous la nuit pour demander un service, ils se mettent, pour ainsi dire, très en danger. Vous savez le prix que j'accorde à la vie humaine. Vous me connaissez assez. Si j'en viens à demander, c'est que vraiment c'est dans notre intérêt à tous que cette mairie recommence à nous ressembler.

– Jacques, posez cette arme, c'est ridicule. Christian Lestrival sortit de la petite réserve qui jouxtait les fourneaux. Il s'approcha de la table et posa la main sur le dossier de la chaise vide.

Merenda ne baissa pas son flingue et demanda simplement à Lestrival s'il se croyait chez lui.

– Au cas où tu n'aurais pas compris, Pitchoun, le Niçois, c'est moi.

– Jacques vous êtes cintré ! Vous veniez ici faire quoi ? Demander à nos amis qu'ils assassinent froidement qui ? Pour quel objectif ?

– Je t'interdis de parler d'assassinat, précisa Merenda qui commençait à se demander s'il n'y avait pas des micros dans cette pièce. Je souhaitais juste qu'on passe un message à quatre récalcitrants, dans mon intérêt, dans le leur, bien entendu, mais surtout pour le bien de la ville. Quoi ? Pitchoun, tu crois que la seule raison pour laquelle on vient visiter ses amis le soir, ici, c'est quand on veut faire une peau ?

Le silence des autres ne disait rien de bon. Ils ne savaient plus où se mettre. Lestrival eut un mouvement imperceptible vers le flingue qui marinait dans la panna-cotta et lorsque Merenda le fixa dans les yeux, il détourna le regard.

– Pitchoun !

Gilou fit sans faire exprès tomber deux tasses à café. Un vieux se racla la gorge. Dans la rue, une voiture décapotable s'était arrêtée. On entendait le rap que diffusait le véhicule : *Curry Chicken* par Joey Bada$$ « *Break it down. We break it down like. Joey Bad he break it down like. My nigga Fly he break it down like. My nigga Statik break it down like. Yeah, yeah, yeah.* »

– Pitchoun, qu'est-ce que tu es venu faire, ici ?

Lestrival regardait ses chaussures. Sa main tremblait. Le pistolet de Merenda était pointé vers lui. Merenda ne le quittait pas du regard. Les vieux se regardaient. Ils tentaient de ne rien faire, de ne pas respirer. Malgré le rap de la bagnole du dehors, même leur respiration leur paraissait trop bruyante. Ils avaient l'impression que chaque goutte de sueur faisait un boucan de merde. La goutte se forme au-dessus des sourcils, se perd dedans puis va direct dans l'œil picoter un peu et quand on ferme les paupières par nervosité, on a peur de louper le moment où un doigt pressera la détente et enverra quelqu'un loin des Alpes-Maritimes.

Dehors, ça s'embrassait. Le couple et un connard derrière. On s'imaginait la scène. « Vas-y bb, vas-y bb, suce-moi, la rue est vide. » Ils parlaient plus fort que la musique de leur auto-radio. Les « Non, ça me gêne, y a

Christophe » de la gamine, se mêlaient aux « *Nigga Statik break it down like* » de la chanson.

Lestrival plongea vers le saladier de pannacotta et agrippa le flingue. Il ne fit pas cas du sucre et des apophyses glissantes qui recouvraient l'arme. Il parvint à la saisir en un éclair sans que ça lui tombe des mains. Avant qu'il tire, Merenda hurla « NON ! ». L'autorité du vieux fonctionnait toujours sur Lestrival. Il se trouva donc en léger déséquilibre avant, une arme dégoulinante de crème dans la main, pointée vers l'ancien maire, qui le visait lui aussi.

– Maintenant, calmement, Pitchoun. Tu me dis ça à haute voix. Tu es venu ici, cette nuit, demander à nos amis de t'aider à te débarrasser de qui ?

Les vieux se mirent tous à parler en même temps. Ils dirent avec des accents corses, niçois et cannois que personne n'avait accepté, et que d'ailleurs le Pitchoun n'avait rien demandé.

Merenda tira à nouveau. C'était moins grave car la balle alla dégommer une coupe aux couleurs de l'AS Cannes. Dehors le couple cessa de se tripoter.

– Vas-y bb on s'en va, suggéra la gamine.

– On s'en fout, tais-toi, succ-moi, sale pute, répondit le jeune gentleman.

– Mais bb y a ton copain.

– Toi tu me suces, lui, il te baise.

Après quoi, ils montèrent franchement le son de la musique et si la fusillade avait dû continuer à l'intérieur de la pizzeria au rideau baissé, le monde extérieur n'en saurait plus rien. Joey Bada$$ et ses lyrics les protégeaient du monde extérieur : « *You got to give to get and then you give back. You got to give to get and then you give back. You got to give to get and then you give back. Then you give back, then you, then you give back…* »

– 36 –

Gilou qui était à peu près le seul gars honnête dans la salle, puisqu'il avait hérité du restaurant de son père et de sa singulière clientèle nocturne sans jamais le souhaiter particulièrement, tenta de jouer les officiers de paix. Il leur expliqua qu'il les connaissait depuis toujours. Que personne n'avait pensé à mal et que c'était le soleil. Parfois le soleil, il nous tape sur la tête. Même la nuit. Même la nuit car à Nice il est fort, le soleil. Monsieur Merenda, Lestrival il vous aime beaucoup. Jamais il aurait voulu. Merenda demanda à Gilou de fermer sa grande bouche. Il demanda à tout le monde de se taire. Il fit doucement le tour de la table. Lestrival continuait de pointer son flingue vers lui. Merenda s'approchait. Il posa son canon glacé sur le front transpirant de Lestrival et Lestrival, tremblant, fit de même. Ils étaient à présent les yeux dans les yeux, chacun une arme sur le front de l'autre. Lestrival se sentait très gêné par le sucre et la gélatine agglutinés entre la pulpe de ses doigts et la crosse de son arme. Ça le démangeait. Il eut envie de se gratter les fesses, un truc de petit garçon. Merenda était inexpressif. Dans le reflet de ses lunettes nacrées comme une flaque d'essence, Christian Lestrival voyait se superposer les yeux du Niçois et son regard à lui.

– Jacques, je n'ai jamais vraiment souhaité vous tuer. Je voulais juste…

– Que je disparaisse ?

– Voilà.

– C'est facile, tire.

La voiture décapotable démarra d'un coup au-dehors. Très brutalement. Cela fit sursauter tout le monde dans la pizzeria et ce fut un miracle si aucune détonation ne suivit cette perturbation sonore. Puis il n'y eut plus dehors ni musique ni trio de connards qui jouent à « Je te tiens, tu me tiens par la bistouquette ». On avait juste cette vieille ville de Nice avec un enjeu de pouvoir qui se réglait d'homme à homme. Cette chose que seuls les agriculteurs comprennent sans explication de texte : quand on est prêt à tuer pour surtout ne pas lâcher un pouce de terrain.

– Tire, lui répéta Jacques dans le silence.

Lestrival ne disait pas un mot. Jacques, d'une voix métallique, lui expliqua que les balles ont, pour ainsi dire, déjà surgi du canon au moment où on passe la porte de cette pizzeria.

– Si tu n'avais pas été là, Pitchoun, il se serait passé quoi, ce soir ? Je serais entré chez nos amis. Je leur aurais expliqué, de façon pudique, que quatre personnes faisaient obstacle à mon investiture de ce parti trotskiste de merde. Je leur aurais pas dit qu'il fallait tuer quatre cons. J'aurais dit poliment que ça serait mieux pour tous qu'ils cessent de me faire obstacle. Tu crois que dans le monde des webcaméras et des téléphones portables, on aurait pu gentiment aller expliquer à ces malheureux qu'il fallait être gentil et ne plus faire obstacle à mon projet ? Non. Je le sais très bien. Et nos amis savent très bien que plus que jamais le meilleur moyen pour qu'un ennemi devienne pacifique, c'est de faire baisser radicalement et par l'effet d'un tir de revolver sa température corporelle. Les gens cessent d'être tes ennemis quand ils arrivent sur la table de dissection de l'hôpital Pasteur, c'est comme ça. Alors je te repose la question : est-ce que c'est ça que tu veux pour moi ?

– Non, Jacques. Je veux que vous partiez, c'est tout.

– Je ne vais pas partir.

– Jacques, je vous aurai prévenu.

Les vieux reculèrent chacun imperceptiblement leur siège de la table. Ils s'attendaient à ce que ça pète et à se jeter par terre pour éviter d'en prendre une. Soudain on entendit le déclic d'un fusil à pompe qu'on recharge. Gilou se tenait derrière ses fourneaux et les mettait en joue.

– Excusez-moi, ici c'est chez moi. C'est mon restaurant. Que votre clébard vienne défoncer mes poubelles le matin, passe encore, mais s'il doit y avoir un bain de sang, c'est pas chez moi. Alors soit vous rangez l'artillerie, soit vous sortez. Oui ?

– On peut la poser autrement, la question, Jacques, demanda Lestrival.

– Regardez-le ! Il me doit tout et il a encore le front d'ouvrir sa gueule, celui-là, maugréa Merenda. Tu me tues si tu veux, mais tu me fais pas la morale, sinon... Et Merenda jouait avec le pouce sur le chien de son arme.

– Jacques, imaginez que je ne tire pas. Voilà. Vous êtes seul ici. Finalement c'est ça, la seule question qu'on se pose tous : si c'est pas moi, qui va vous arrêter ? Dans votre course à la connerie.

– Tu vois pas que cette ville, elle a besoin de moi. Avec les nappes phréatiques. Avec ce monde qui change et auquel elle ne comprend plus rien. Sans moi, cette ville, elle n'a plus de sens à sa vie.

– Jacques, c'est vous qui avez besoin de Nice. Nice, je ne crois pas qu'elle ait besoin d'un maire qui serait prêt à faire tuer quatre vieux cocos juste pour pouvoir se présenter aux élections.

– Je te remercie, Pitchoun, d'éviter de m'accuser de crimes que je n'ai pas encore commis.

– Alors, Jacques, on fait quoi ? Parce que moi, je ne crois pas que je vais vous tuer, murmura Lestrival.

Merenda éloigna son arme du front de Christian Lestrival. Il posa délicatement le flingue sur la table, au milieu des assiettes et des éclaboussures de dessert.

Jacques Merenda tourna le dos et quitta la pizzeria sans dire un mot à quiconque.

Après un long silence, un des vieillards retira ses lunettes de soleil. On aurait pu croire qu'il venait de se réveiller d'une léthargie de lézard préhistorique. Comme s'il avait été absent de toute la scène, le vieux demanda des explications :

– Que vient-il de se passer, exactement ?

– Je crois, répondit Christian Lestrival, que le Niçois vient d'arrêter définitivement la politique.

– 37 –

Il devait être pas loin de minuit. Merenda traversait les petites rues du Vieux-Nice. Il passa devant l'église du Gesù. C'était fermé. Dommage, il aurait bien aimé prier. Il s'emplit les narines de la bonne odeur des poubelles à poissons du cours Saleya. Il portait sa veste crème et une chemise rose avec chaussettes assorties. C'était la première fois depuis son retour à Nice qu'il se préoccupait de sa dégaine. Il se regarda dans la vitrine de chez Jacques Franchi qui habille les joueurs du Gym. Il était pas mal. Enfin, pour un vieux. Il sortit un cigare et le coupa avec les dents. La dernière fois qu'il s'était mis vraiment en colère, c'était lorsqu'un Européen lui avait expliqué qu'il fallait retirer la bague de son cigare car ça ne servait à rien. Voilà, cette fois-là et cette nuit, face au Pitchoun. Pourquoi on garde la bague de son cigare ? Parce qu'on est noble et qu'on descend des Médicis. Il croyait tout cela, que toute âme un jour passée par le comptoir grec de Nikaia, par la ville romaine de Cemenelum, par l'habitat troglodyte de Terra Amata, par le fort du mont Alban, toute âme du cru était à la fois son enfant et son ancêtre. On garde la bague car cet ustensile fut inventé afin que les nobles qui vivaient à Cuba n'aient pas à toucher de leurs doigts la matière dérangeante des feuilles de tabac. C'est une des raisons. Pas la seule sans doute. Merenda ne mentait pas, c'était là son secret. Lorsqu'il disait dans une même phrase qu'il était descendant de tous les galériens mahométans convertis à Villefranche-sur-Mer, et qu'il venait aussi des anges de la politique italienne contemporains de Machiavel, c'était sa vérité. Peut-être, effectivement, qu'on n'avait pas besoin du fauteuil de maire pour être Jacques Merenda.

Il passa sous les arcades qui menaient au pied de la colline du Château. De là il commença à marcher le long de la promenade des Anglais. Des jeunes gens roulaient à vélo sur les trottoirs. Des gamins arabes faisaient croire avec succès à des touristes japonaises qu'ils étaient brésiliens, puis ils les emmenaient s'embrasser au bord de l'eau. L'office du tourisme devrait subventionner ces jeunes gens qui offrent aux touristes du bout du monde de si jolis souvenirs. La mer, c'est à tout le monde. Un mendiant dépliait sa soi-disant jambe en moins. Travailleur courageux, il avait passé toute la soirée avec son pied pratiquement enfoncé dans le cul pour faire croire qu'il était cul-de-jatte. C'est un vrai travail, songea Jacques Merenda, qui lui offrit un billet de 500 euros.

– Je vous le donne à condition que vous me promettiez de ne pas cesser le travail. Je veux vous voir demain au poste, au même endroit, avec votre pied dans le cul comme maintenant, car dans cette ville, chacun doit faire son job, même le cul-de-jatte.

Le type lui répondit en roumain et s'enfuit un peu anxieux. Un autre gars lui proposa des roses rouges. Merenda répondit qu'il ne fallait pas exagérer. Devant le square Albert 1er il respira les bonnes odeurs de marijuana mais n'en acheta pas, c'était pas son truc. Il avait des principes. Il y avait des substances pour hommes et des produits pour branleurs. Jacques Merenda n'était pas un branleur. Il se souvint à cet instant qu'il avait gardé ses lunettes. Il les retira. Tout s'illumina. Ça restait la nuit, mais multicolore. À Nice, c'est carnaval tous les soirs. Quelqu'un lui manquait très fort. Il allait la retrouver.

– 38 –

Il monta à pied. On ne va pas prendre l'ascenseur pour un étage. Puis, par civisme, Merenda songeait que c'était moins grave de finir son cigare dans l'escalier que dans l'ascenseur. Chacun ses règles. De toute façon, elle lui fit jeter le mégot avant d'entrer.

C'est un drôle de mot, « sa maîtresse », pour parler sans doute de son seul vrai amour sur cette terre. Il était venu avec des envies de pouvoir et de gloire mais à l'exception du petit chien, sa seule vraie joie depuis son retour avait été, chaque nuit, de retrouver Marie-Magdalena. Aucun couple sur terre n'aurait duré autant que le leur. Ils s'étaient fréquentés pendant tous leurs mariages successifs. Un jour, Marie-Magdalena avait souhaité cesser les mariages. Elle avait dit à Jacques : « Du jour où j'ai compris que le mariage consistait à répondre à la question "Où étais-tu hier soir ?", je me suis dit que ça n'était pas pour moi. »

Alors elle était restée seule. Lui, pour des raisons municipales, et aussi parce qu'il était un ogre, avait dû avoir plusieurs vies. Il les avait toutes oubliées, sauf elle. Leur charme incandescent ? Après plus de cinquante ans de connivence, ils avaient toujours une joie enfantine à se retrouver. Jamais, car tous deux étaient fiers et avaient le goût de l'esthétique, jamais l'un d'eux ne serait apparu négligé face à l'autre. Jamais ils n'eurent un geste laid. Personne n'eût pu les croiser où que ce soit en disant : « Voici un vieux couple. » Leur amour avait connu le secret et les chambres d'hôtel, rien de plus beau. Reiser avait fait un jour ce dessin que Merenda avait offert à Marie-Magdalena, sur lequel un restaurateur explique que les couples illégitimes sont les seuls touristes valables : ils s'enferment toute la journée pour s'embrasser, le soir ils vont dans les restaurants chics, et leurs gosses ne braillent pas sur la plage. Des amants n'achètent jamais de matelas gonflable, ils n'abîment pas le littoral.

Jacques Merenda souleva Marie-Magdalena du sol. Il adorait son parfum, pas Chanel. Bien entendu, elle ne portait que du Chanel mais c'était avant tout sa peau qui lui plaisait. Jacques savait tout de l'Amérique du Sud, on n'y trouvait aucune brune comme Marie-Magdalena. En fait il l'aimait comme un fou.

– Je t'aime davantage même que la ville de Nice, lui avoua-t-il dans un souffle.

– Oh, là, tu vas pas bien si tu dis une chose pareille.

– C'est comme ça. On se cherche des raisons, tu sais. Alors il y a toi.

– Darling, c'est un peu tard pour la philosophie.

Elle l'embrassa. Monica Bellucci ne lui arrivait pas à la cheville. Elle donnait toujours le sentiment de s'en foutre, comme si elle s'était habillée en deux secondes. Tu parles ! Ou alors c'était un miracle. Ou alors tout lui allait bien. Elle réussissait le prodige, à soixante-dix ans, d'avoir toujours à la fois un gros cul ferme, des seins comme une statue d'Arles et une peau comme des gâteaux Pépito à force d'être au soleil. On pouvait lui retirer sa blouse Agent Provocateur, ça ne calmait en rien la bandaison.

– Je me suis parfois demandé si ton attachement à ma personne ne provient pas du fait que je suis la seule femme avec qui tu as toujours bandé.

– Dis donc ! Je n'ai jamais eu de plaintes ! Non.

– Mais alors quoi ?

– Mais alors les autres ont une date de péremption de vingt-quatre heures. Après une journée, je ne sais plus quoi en faire, alors je leur glisse une liasse de billets et je dis à bientôt. Je les revois, bien entendu, mais il faut avant de les recontacter que j'aie le temps de les oublier vraiment. Et dès la seconde où je les rencontre à nouveau, tout mon corps se rappelle pourquoi je n'avais pas trop envie de me retrouver dans un lit avec elles. Toi c'est différent.

– C'est le mieux que tu puisses faire comme déclaration d'amour ?

Le Niçois la souleva dans ses bras. Plus on vieillit plus on veut montrer à ces dames que le corps assure, qu'on peut, l'espace d'un moment et sans pilules chimiques, avoir tout de Johnny Weissmuller, y compris la capacité de soulever l'amoureuse comme si c'était un petit singe. Il plongea le nez dans les cheveux de Marie-Magdalena et ouvrit sa blouse. Elle était parvenue d'un geste et sans hésitation à faire jaillir la queue de Jacques hors de son pantalon clair. Jacques écarta le shorty en dentelle de son amoureuse et la prit doucement, loin, tout en lui donnant des coups de moustache sur les paupières. Marie-Magdalena l'aimait et cela change tout ; soudain le sexe prend de l'intérêt. Elle happa le biceps de Jacques Merenda et se mit à aspirer comme un bébé. Il aimait cela : la baiser fort et qu'elle lui laisse des traces de morsures sur les bras.

On frappa à la porte. Ils n'allèrent pas ouvrir. Puis pendant qu'ils faisaient l'amour, Jacques se mit à pleurer.

– Ça, tu vois, c'est joli, c'est chic, c'est délicat, lui fit remarquer Marie-Magdalena dont le visage se couvrait des larmes de son amant. Tu pleures parce que c'est trop bon quand on baise, tu vois, ça, c'est convenable. Une femme aime que l'on ait un cœur.

– Pardon. Oh ! je suis confus. Ma réponse va te sembler tellement mufle, répondit le Niçois sans cesser de la pénétrer, ni de pleurer. Si je sanglote, c'est parce que depuis que j'ai perdu Nice, je n'ai plus rien. J'ai le bonheur avec toi, c'est un fait. Et même une baionnette enfoncée dans la gorge, on ne me fera plus quitter ni la ville de Nice ni tes bras adorés. Mais au niveau de ma légende. Je veux dire. J'arrive à la fin de ma vie. Ça aurait eu de la gueule de conquérir à nouveau ma mairie. Au lieu de ça, je ne laisse rien derrière moi.

On frappa à nouveau à la porte. De plus en plus fort.

Merenda se leva. En colère. Il demanda qui était le connard qui pouvait les interrompre. Il proposa à Marie Magdalena d'aller lui-même ouvrir.

– Non, non, répondit-elle. C'est personnel.

Elle traversa l'appartement, mit une nuisette en un geste. Ses chats gambadaient entre ses pieds nus et manquèrent de la fiche par terre. Comme elle sentait venir un moment pénible, elle prit sur la table du salon son verre de Lagavulin et en versa un bon décilitre supplémentaire. C'était pas le moment. De toute façon, ça devait arriver. La mère de Christian Lestrival regarda longuement la promenade des Anglais par la fenêtre en se disant que cette vision de lune, de palmiers et de littoral allait être probablement son dernier moment de calme, cette nuit.

– Maman, j'ai pas arrêté d'appeler, tu réponds jamais, fit Lestrival.

Merenda, tout nu, entrait dans le salon. Marie-Magdalena leur fit savoir qu'elle avait quelque chose à leur dire. À tous les deux.

– 39 –

On peut se moquer des Niçois. De leurs colères et de leur démesure. Il reste que face aux instants qui dans tout autre endroit du monde auraient débouché sur un vaudeville embarrassant, les Niçois savent se tenir. Ni Lestrival ni son père n'avaient crié. Bien entendu, ça expliquait beaucoup de choses. Effectivement, Marie-Magdalena avait tous les droits du monde, de cloisonner ainsi son existence. Et on ne peut pas dire que Lestrival avait été privé de présence paternelle. Il avait grandi auprès de son père. Il avait tout appris auprès de lui. Et à son départ pour l'Amérique du Sud, son papa lui avait légué sa mairie. Bien entendu, on aurait pu passer toute la nuit à reprocher à Marie-Magdalena d'avoir caché à Jacques Merenda qu'il avait un enfant. Lestrival aurait pu lui dire que s'il avait su, il se serait évité beaucoup de névroses. Toutes ces discussions à la con, on les aurait eues si on avait été parisiens. Nice est la ville où on gueule tout le temps, sauf dans les moments où n'importe quel autre être humain pousserait des cris. Le trio se borna juste à vider la bouteille de whisky en regardant parfois la moquette, parfois ses propres genoux et par moments un peu les genoux d'un autre des protagonistes. Lestrival finit par se lever et se diriger vers la porte. Sa mère lui demanda où il allait. Lestrival répondit : « Faire un flipper. »

– 40 –

Christian Lestrival tourna au coin de la rue. Il passa devant les glaces Pinocchio. C'était vraiment un nom à la con. Le grand glacier de Nice s'appelle Fenocchio, ce qui fait beaucoup rire les Italiens car, à une lettre près, cela signifie « fenouil » dans leur idiome, et « fenouil » veut dire « pédé ». Pour cette raison, sans doute, un autre glacier qui s'était ouvert à l'angle des cafés de la Promenade s'était appelé Pinocchio. Un néon en forme soit de gros nez pointu soit de cône de glace avec boules clignotantes attirait le chaland.

Lestrival entra et ne put s'empêcher de râler au sujet des flippers que l'on changeait sans cesse. Son favori se nommait « *Haunted House* ». C'était un flipper de quand il était gosse. Avec plusieurs plateaux superposables. Parfois un double fond s'illuminait sous la surface de jeu et la bille y descendait. On devait alors actionner une sorte de flipper à l'envers, dont les marteaux se trouvaient loin du joueur. Il n'y avait plus *Haunted House* depuis longtemps. Pas plus que le flipper du groupe rock Kiss. Il y avait

Monster Bash. Ça lui convenait. Le flipper ne causait pas autant de joie que la motocyclette mais il s'agissait d'un ustensile formidable pour se vider la tête. Monsieur le maire vida ses poches dans le monnayeur du flipper. Dès la première balle, il fit sortir Dracula de sa tombe. Puis il lui dégomma quatre fois la gueule à coups de bille d'acier. Dracula pleurnicha « *houuuu, you frighten me* », puis il retourna dans sa tombe. Ensuite, Christian Lestrival fit tourner trois fois le chignon noir et blanc de la fiancée de Frankenstein. Les guitares acides lui déglinguaient les oreilles. Il obtint le multiball. Il était dans un état indescriptible. Il ne voulait pas perdre une balle. À ce moment, ça lui semblait important.

– Toi, tu gardes ta mairie. Et moi j'ai un fils. Finalement tout va bien. Non ?

Merenda se tenait derrière lui.

– Tais-toi, papa, répondit Lestrival. Tu vois pas que je joue ?

« Si je meurs, qu'on m'enterre sur mon terrain, à Punta del Este, dans un bocal à anchois après m'avoir incinéré. »

Jacques Médecin

Mise en pages PCA
44400 Rezé

IMPRIM'VERT®
PEFC 10-31-1610

Imprimé en France
par Corlet Imprimeur
14110 Condé-sur-Noireau
Dépôt légal : juin 2016
N° d'impression : 182951
ISBN : 978-2-7499-2792-3
LAF : 2137